智元微库
OPEN MIND

成 长 也 是 一 种 美 好

煮面，不等糖吃

[新加坡]
蔡澜 著

人民邮电出版社
北京

图书在版编目（CIP）数据

煮个面，等糖吃 /（新加坡）蔡澜著. — 北京：人民邮电出版社，2024.3
ISBN 978-7-115-62848-0

Ⅰ. ①煮… Ⅱ. ①蔡… Ⅲ. ①散文集—新加坡—现代 Ⅳ. ①I339.65

中国国家版本馆CIP数据核字(2023)第190917号

◆　　　著　　[新加坡] 蔡　澜

　　　责任编辑　王铎霖
　　　责任印制　周昇亮

◆　人民邮电出版社出版发行　　　北京市丰台区成寿寺路 11 号
　　邮编　100164　电子邮件　315@ptpress.com.cn
　　网址　https://www.ptpress.com.cn
　　天津千鹤文化传播有限公司印刷

◆　开本：880×1230　1/32
　　印张：7.5　　　　　　　　　　　　　2024 年 3 月第 1 版
　　字数：150 千字　　　　　　　　　　2024 年 3 月天津第 1 次印刷

著作权合同登记号　图字：01-2023-2487 号

定价：69.80 元

读者服务热线：（010）67630125　　印装质量热线：（010）81055316
反盗版热线：（010）81055315
广告经营许可证：京东市监广登字 20170147 号

吃得好一点，睡得好一点，多玩玩，

不羡慕别人，不听管束，

多储蓄人生经验，死而无憾，

这就是最大的意义吧，一点也不复杂。

蔡澜先生 1941 年出生于新加坡，祖籍广东潮州。父亲蔡文玄去南洋谋生，常望乡，梦见北岸的柳树，故取笔名"柳北岸"；蔡澜生于祖国之南，父亲为其取名"蔡南"，为避家中长辈名讳，改为"蔡澜"。蔡澜先生戏称，自己名字谐音"菜篮"，因此一生热爱美食。

蔡澜先生拥有许多身份，他是电影监制、专栏作家、主持人、美食家；他交友众多，与金庸、黄霑、倪匡并称"香港四大才子"；他爱好广泛，喝酒品茶、养鸟种花、篆刻书法均有涉猎；他活得潇洒，过得有趣，曾组织旅行团去往世界各地旅行游历，不少人认为他也是难得的生活家。

春节前后，蔡澜先生开放微博评论回复网友提问，不少网友将日常纠结、内心困惑、生活难题和盘托出，等待蔡澜先生解惑。面对网友，蔡澜先生智慧而不说教，毒舌但不高傲，渊博而不卖弄；面对读者，他诉说旅行见闻，介绍美食经验，回顾江湖老友，分享人生乐事。隔着屏幕，透过纸页，蔡澜先生用诙谐有趣的语言和鞭辟入里的观点收获了很多年轻人的喜爱。

提到蔡澜，很多人会想到"香港四大才子"。金庸先生生前常与蔡澜先生同游，他这样评价这位朋友："我现在年纪大了，世事经历多了，各种各样的人物也见得多了，真的潇洒，还是硬扮漂亮，一见即知。我喜欢和蔡澜交友交往，不仅仅是由于他学识渊博、多才多艺、对我友谊深厚，更由于他一贯的潇洒自若。好像令狐冲、段誉、郭靖、乔峰，四个都是好人，然而我更喜欢和令狐冲大哥、段公子做朋友。"

金庸先生是蔡澜先生年少时的文学偶像，他们后来竟成了朋友。蔡澜先生总说："怎么可以把我和查先生并列？跟他相比，我只是个小混混。"四个人中，蔡澜先生年纪最小，因此他不得不一次次告别老友。书里写他与众多友人的欢聚时刻，多年后友人也渐渐远行。蔡澜先生喜爱李叔同的文字，这一路走来，似乎印证了"天之涯，地之角，知交半零落"这句歌词，但这似乎又不符合他的心境，因为当网友问到"四大才子剩你一人，你是害怕多一点还是孤独多一点"时，蔡澜先生回道："他们都不想我孤独或害怕的。"

蔡澜先生爱好广泛，见识广博，谈起美食，从食材选择到烹饪手法，再到哪里做得正宗，他如数家珍；谈起美酒，他对年份、产地、口感头头是道；谈起电影，他又有多年的从业经验，与一众名导、演员有过合作；谈起文学，他有家族的传承——父亲是作家、诗人，郁达夫、刘以鬯常来家中做客；至于茶道、书法、篆刻，他也别有一番研究。

蔡澜先生喜爱明末小品文，其写作风格也受到当时文人的影响，而妙就妙在，他继承了过去文人那种清雅、隽永的文风，他的文章形式上简洁精练，意蕴悠远绵长，但同时，他并未与"Z世代"有所区隔，他熟练使用社交网络，和年轻人交朋友，对新鲜事物充满热情。他不哀怨，不沉重，不说教，常以通透、豁达的形象示人，正如金庸先生所言："蔡澜是一个真正潇洒的人。率真潇洒而能以轻松活泼的心态对待人生，尤其是对人生中的失落或不愉快遭遇处之泰然，若无其事，他不但外表如此，而且是真正的不萦于怀，一笑置之。"

蔡澜先生交游甚广，是很多人的好朋友。倪匡先生曾说："与他相知逾四十年，从未在任何场合听任何人说过他坏话的。"

究其原因，多半是他那份仗义和真诚让人信任。

年轻时，蔡澜先生的生活可算是"花团锦簇"。年少时的他交往了众多女朋友，连父亲都同老友说："这孩子年轻时女朋友很多。"到后来，他回顾年轻时的自己，也说"我并不喜欢年轻时的我"。

很多人常议论蔡澜先生年轻时的风流，也有不少人视其为"浪子"，称他是绝对的大男子主义，但他为女性仗义执言又颇让女士们受用。面对"剩女"这一性别歧视类话题，蔡澜先生就表示："剩女这个名字本身就是失败的。什么剩什么女呢，人家不会欣赏罢了。大家过得开开心心，几个女的一块，去玩呐，哪里有什么剩不剩。剩女很好，又不必照顾这个，又不必照顾那个。快点去玩！"这样的言辞让人忍俊不禁，直呼他是大家的"嘴替"。

不仅如此，他还呼吁女性把钱花在增长学识上，鼓励女性多读书、多旅行，拥有自己把日子过好的能力。

蔡澜先生极度坦诚，他从不掩非饰过，也不屑弄虚作假。因"食家"的身份被众人所知后，他不接受商家请客，坚持自己付账，就为了能客观评价餐厅。有餐厅老板找他合影，他不好拒绝，但担心商家用合影招揽食客，于是约定，板着脸合影，表达也许这家餐厅味道不怎么样。

蔡澜先生的人生经历可谓精彩。他生于第二次世界大战期间，青年时期留学日本，在电影行业工作几十年，见证了草创时的筚路蓝缕，也见证了黄金时期的繁荣景象。书里有他的童年回忆和故人旧事，有他拍电影时的所见所感，有他悠游天地间的见闻，有他追忆老友的感人片段。蔡澜先生如今已 80 多岁，但这套书里充满了当代年轻人所喜爱的要素。探店？蔡澜先生寻味的足迹遍布世界各地，吃过的餐厅数量绝对可观。城市漫步（Citywalk）？蔡澜先生可是组过旅行团的，金庸先生就是他的团友。吃播测评？蔡澜先生参加过诸多美食节目，也常发文品鉴美食。生活美学？蔡澜先生就是一个能把艺术、生活与哲理融合在一起的人，他对日常生活的独到见解，相信可以打动很多人。

他对很多事都展现出强烈的好奇心，因为什么都想试试看，才能慢慢变成懂得欣赏的人。这套书涵盖了蔡澜先生 80 载人生经历，囊括 40 年寻味的饮食经验，有他的志得意满和年轻气盛，也有他如童稚时的那般调皮与恶作剧。他的追溯，仿佛能唤起我们内心的情感共振，我们如此这般，似乎只是一个想念妈妈做饭味道的小朋友。

在 2023 年摔伤之前，蔡澜先生总是笑着出现在众人面前，他也常说"希望我的快乐染上你"。他并非没有愁肠，只是选择不把痛苦的一面展露出来。他说："我是一个把快乐带给别人的人，有什么感伤我都尽量把它锁在保险箱里，用一条大锁链把它锁起来，把它踢进海里去。"所以，在生活节奏加快，我们的人生不断遇到迷茫和挑战的今日，希望这套书能如蔡澜先生其人一般，给大家带来快乐，让更多人开心。

出 版 说 明

蔡澜先生中学时便开始写作投稿，40 岁前后开始系统性地撰写专栏，多年来撰写了多种类型的文章。因老父赴港在餐厅等位耗时颇久，蔡先生下决心"打入饮食界"，这些年他吃在四方，撰写了大量的文章，这些文章零散发表在各处，这次蔡先生挑选历年文章，重新修订，整理成系统、精彩的文集，奉献给读者。

本次出版图书 2 套，共 8 本，从"饮食"和"人生"两个方面集萃蔡澜先生这几十年的饮食经验和人生经历。"饮食经验"一套分别介绍食材、烹饪方法、外国饮食文化及中华饮食文化；"人生经历"一套按时间划分，分别反映从他出生到 20 世纪 80 年代、20 世纪 90 年代、千禧年后第一个 10 年以及 2010 年至今的生活体悟。

除蔡澜先生多年来撰写的各类旧文，这套书还与时俱进，收录了蔡澜先生近些年的新作，分享其在疫情期间居家自娱自乐的生活趣事。蔡澜先生出生于新加坡，现长居中国香港，其语言习惯和用词与规范的汉语不免存在差异，现作以下说明。

1. 蔡澜先生文章中使用的方言表述，如"巴仙""难顶""好彩"等，我们仍保留其原状，只在首次出现时标注其通用语义；如意大利帕尔马火腿，粤语发音也叫"庞马火腿"，我们沿用其"庞马火腿"之名，也在首次出现时注明。一些食物有多种称谓，我们通常使用其被广泛使用的名称，如"梳乎厘"，我们统一写作"舒芙蕾"。

2. 文中使用的外文表述，包括但不限于英语、法语、日语等名称，我们尽量列出其中文译名，实在无法对应之处，我们在文中仍保留外文名。

3. 本书文章写作时间跨度极大，但所有文章均写于 2023 年之前，文中所提及的食材的安全性、卫生标准及合法性均视写作时的具体情况而定，本书不做追溯。关于各地旅行的见闻，代表蔡澜先生游览之时的具体情况，反映当时当地的状况，并非今日之实况。因经济发展、社会变迁而早已不适用于今日的内容，我们酌情做了删减。

4. 蔡澜先生年轻时留学日本，后来因工作及个人爱好前往世界各地旅行，文中提到的货币汇率，均代表写作文章时的汇率，我们不做换算。

作为一名食家，蔡澜先生对食材、美食、餐厅的看法均为他这几十年亲自品评所得之体会，而非仰赖权威机构排名。正如蔡澜先生评价食评人汉斯·里纳许所言："我对他的判断较为信任，至少他说的不是团体意见，全属个人观点。可以不同意，但不能说他不公平。而至于口味问题，全属个人喜恶。"我们秉持求同存异之态度，向诸位读者展现蔡澜先生的心得，也欢迎读者与我们一同探索美食的真味。

今天要比昨天高兴，明天又要比今天开心。这是蔡澜先生一再告诉我们的。希望我们的几本书能像一个"开心菜篮"，让大家从蔡澜先生的故事中采撷快乐，收获开心。

目录

—— 第三章 ——

耐心去熬一碗汤

097

—————— 第四章 ——————

米面粉糕：主食控的快乐

119

—————— 第五章 ——————

聊天喝酒，不误烧一桌好菜
191

第一章

盘盘如也

追求一个完美的蛋

我这一生之中最爱吃的，除了豆芽，就是蛋了。我一直在追求一个完美的蛋。

但是，我怕蛋黄。这有原因，小时候过生日，妈妈蒸熟了一个鸡蛋，用红纸浸了水把蛋的外壳染红，这是祝贺的传统。当年有一个蛋吃，已是最高享受。我吃了蛋白，刚要吃蛋黄时，警报响起，日本人来轰炸了，双亲急着拉我去防空壕；我不舍得丢下那颗蛋黄，一手抓来吞进喉咙，噎住了，差点呛死，所以长大后我一看到蛋黄就害怕。

只要不见原形便不要紧，打烂的蛋黄，比如炒蛋，我是一点也不介意的，照食之。说到炒蛋，下面介绍一下我们蔡家的做法。

用一个大铁镬，下油，等到油热得生烟，就把发好的蛋倒进去。事前打蛋时已加了胡椒粉，在炒的时候已没有时间撒了。鸡蛋一下油镬，即搅之，滴几滴鱼露，就要把整个镬提高，离开火焰，不然即老。不必怕蛋还未炒熟，因为铁镬的余热会完成这件工作。这时炒熟的蛋，香味喷出，不必再用其他配料。

蔡家蛋粥也不赖，先滚了水，撒下一把洗净的虾米熬个汤底，然后将一碗冷饭放下去煮。这时加配料，如鱼片、培根片、猪肉片。猪颈肉丝代之亦可，或者冰箱里有什么就用什么。将芥蓝切丝，丢入粥中，最后加三个蛋，搅成糊状，即成。上桌前滴入鱼露、撒胡椒、添天津冬菜，最后加炸香的干红葱片或干蒜蓉。

有时煎一个简单的荷包蛋，也见功力。和成龙一起在西班牙拍戏时，他说他会煎蛋。下油之后，我见他即刻放蛋，马上知道他做的一定不好吃。油未热就下蛋，蛋白一定又硬又老。

煎荷包蛋，功夫愈细愈好。泰国街边小贩用炭炉慢慢煎，煎得蛋白四周发着带焦的小泡，最香了。在生活节奏快的都市，是做不到这样的。中国香港有家叫"三元楼"的店，在自己的农场里养鸡、生蛋，专选双仁的大蛋来煎，味道也没有很特别。

成龙的父亲做的茶叶蛋是一流的，他一煮便是一大锅，至少有四五十粒，才够我们一群饿鬼吃。茶叶、香料都下得足，酒用的是 XO 白兰地①，以本伤人②。我学会了他那一套，到非洲拍饮食方面的电视节目时，当场表演，用的是巨大的鸵鸟蛋，敲碎的蛋壳形成的花纹像一个花瓶。

到外国旅行，酒店的早餐也少不了蛋，但是多数是无味的。饲养鸡，本来鸡一天生一个蛋，但人们急功近利，把鸡也给骗了：开了灯当白天，关了当晚上；6 小时各循环一次，一天当两天用，让鸡生两次蛋。你说这样生出来的鸡蛋怎么会好吃？不管用于炒蛋还是奄姆烈③，味道都极淡。解决办法唯有自备一包小酱油，酱油是吃外卖配寿司的那一种，滴上几滴，尚能入喉。更好些的，是带一小瓶生抽，中国台湾制造的民生牌壶底油精为上选，它带有甜味，用了它，何种劣等鸡蛋都能变成上等美食。

走地鸡的新鲜鸡蛋已属罕见，小时候听到鸡咯咯一叫，妈妈就把蛋

---

① XO 白兰地是年份最久的白兰地，白兰地还有 VSOP、VS、VO 级。——编者注

② "以本伤人"此处指以高成本制胜。——编者注

③ 奄姆烈意为煎蛋饼，为 Omelette 的音译。——编者注

拾起来送到我手中，蛋摸起来还有热度，敲一个小洞吸噬之。现在想起，那股味道有点恐怖，当年怎么吃得那么津津有味？可能因为穷吧！穷也有穷的乐趣。热腾腾的白饭，淋上猪油，打一个生鸡蛋，也是绝品。但如今的生鸡蛋不知有没有细菌，看日本人吃早餐时还在用这种吃法，有点心寒。

鹌鹑蛋虽说胆固醇含量较高，但也好吃。中国香港陆羽茶楼做的点心鹌鹑蛋烧卖，很美味。鸽子蛋煮熟之后蛋白呈半透明状，味道也特别好。

由鸭蛋腌制出来的咸蛋，要吃就吃蛋黄流出油的那种。我虽然不喜欢吃蛋黄，但咸蛋黄可以接受。放进月饼里，又甜又咸，很难顶[①]，留给别人吃吧。

至于皮蛋，则非溏心不可。香港铺记的皮蛋，个个溏心，配上甜酸姜片，一流也。

上海人吃熏蛋，蛋白硬，蛋黄还是流质的。我不太爱吃，只取蛋白食，蛋黄会黏住，感觉不好。

中国台湾的铁蛋，让年轻人去吃，我咬不动。不过他们做的卤蛋简直是绝了。吃卤肉饭、担仔面时没有那半边卤蛋，要逊色得多。

鱼翅不稀奇，桂花翅倒是百食不厌，无他，有鸡蛋嘛。吃炒桂花翅却不如吃假翅的粉丝。

蔡家桂花翅的秘方是把豆芽浸在盐水里，要浸上半小时以上。下猪油、炒豆芽、兜两下，只有五成熟就要离锅。这时把拆好的螃蟹肉、发

---

① 难顶，粤语，意思是难以接受、忍受。——编者注

过的江珧^①柱和粉丝炒一炒，打鸡蛋进去，蘸酒、鱼露，再倒入芽菜，即可上桌，又是一道好菜，但并不完美。

去法国南部里昂，找到法国当代最著名的厨师保罗·博古斯，要他表演烧菜，拍电视节目。他已七老八十，久未下厨，向我说："看在老友分上，今天破例。好吧，你要我煮什么？"

"替我弄一个完美的蛋。"我说。

保罗抓抓头皮："从来没有人这么要求过我。"

说完，他在架子上拿了一个平底的瓷碟，不大，放咖啡杯的那种。他滴上几滴橄榄油，用一枝铁夹子挟着碟，放在火炉上烤，等油热了才下蛋，这一点中西方是一样的。打开蛋壳，分蛋黄和蛋白，蛋黄先下入碟，略熟，再下蛋白。撒点盐，撒点西洋芫荽碎，把碟子从火炉中拿开，即成。

保罗解释："蛋黄难熟，蛋白易熟，看熟到什么程度，就可以离火了。对鸡蛋生熟的喜好，世界上每个人都不同，只有用这个方法，你才能做出你心目中的完美的蛋。"

---

① 珧，蚌蛤的甲壳。扇贝、江珧、日月贝等闭壳肌的干制品统称"干贝"，书中也称"珧柱"。用江珧闭壳肌制成的称"江珧柱"。——编者注

各种形态的蛋

煎蛋

煎蛋没什么大道理，切记看到油生烟，再打蛋进平底镬煎就是。

最重要的是要有耐性，慢慢煎。火要小，火一大，蛋就焦了。炭火当然比煤气炉来得好。蛋白四周先开始发出泡泡，此时也不必翻动，让它继续煎下去。

煎到某种程度，就可以取出上碟了。至于什么程度，那你就要试了，一次不行，来两次、三次，直到掌控自己喜欢的生熟程度为止。我常强调，烹饪并非高科技，经验可以让你成功。

喜欢吃荷包蛋的话，等蛋白发泡后将左边翻到右边，或者从上至下，从下到上，都行。

蛋黄的熟度凭个人喜好，有的喜欢半生，有的喜欢全熟。到外国吃自助早餐时，有的店里有专人为你煎蛋。要是你要熟一点的蛋黄，可两面煎。有句英文俗语，叫"Sunny side up"（太阳面向上）。此话也有毛病，要想像太阳的话，那不应该两面煎，[①]我一向是吩咐："Egg yolk very hard（蛋黄煎硬）。"

我煎蛋时不吃蛋黄，一个原因是小时候吃蛋黄差点呛死，有了阴影；另一个原因，是当今的蛋多以激素催生，不知其有无细菌，不像小时候

---

① 在英文中，"Sunny side up"指鸡蛋只煎一面，"over easy"指蛋煎两面。——编者注

的蛋，可以打开一个小洞生噬。从此我看到生蛋害怕，煎熟了也只吃蛋白。不过若选择打匀后炒起来，我也是可以接受吃蛋黄的。

煎蛋全靠功夫，愈花长时间去煎的，愈好吃。你可以先试试新加坡的煎蛋，没有吉隆坡的好吃，吉隆坡的又没有曼谷的那么美味。这就证明很多现代人不肯花时间做饭，只有在生活节奏慢的地方，才能做出美好的煎蛋。

在快餐文化影响下，当今的快餐厅厨房里，煎板上常摆着十几二十个铁环，各打个蛋进去，煎蛋就那样被制作出来。我一看到这种圆扁蛋即倒胃。这也是我从来不走进麦当劳的原因。

煮蛋

煮蛋最容易不过。水一滚，放鸡蛋进去，煮至熟，就是煮蛋了。

问题在于每一个人对蛋的生熟度喜好不同，怎么煮才算标准呢？煮出的蛋通常有半生熟蛋、全熟蛋和外硬内软蛋之分。

半生熟蛋：用一个大锅，放 2/3 的水。水一滚，要精确的话，煮足一分钟。如果你想蛋白硬一点，那么多煮 30 秒，即熄火，一共是 90 秒。

这时即将蛋从锅中取出，不然蛋会继续熟，愈来愈硬。把鸡蛋放在蛋盅里，用一把利刀，在 1/4 处割开壳，就可以用茶匙挖来吃了。

外硬内软蛋：煮法和半生熟蛋的一样，不过要煮足 3 分钟，记得水一滚就要转小火。

蛋熟后将其用汤匙舀起，放进一锅冷水之中，至少要浸足 10 分钟，如果太热可加一点冰块进去。

剥壳的功夫很重要，不然蛋白会黏住壳，除了浪费，还影响美观。具体过程是这样的：先用茶匙在壳圆的那一端敲碎壳，那里有一个气袋，较易打开。再一面剥一面冲水，那层膜就会被水分隔离。你会发现这样一来，蛋的形状是完美的。

全熟蛋：做法与外硬内软蛋相同，不过要煮足 6 分钟。

煮猪肉时，最好是将肉和全熟蛋一起红烧，卤肉时也同样烹调。全熟蛋的名菜，有茶叶蛋。

做法是这样的：蛋煮了 6 分钟后全熟，用汤匙在蛋壳上轻轻地敲，千万别打得太碎，只要有裂痕即停，切记裂痕要均匀分布于蛋面。

放茶叶——铁观音和普洱。前者取其香，后者取其色。再加八角、桂皮、甘草、酱油、胡椒粒去煮，当然得添酒，一般的烈酒比绍兴酒更好，但不能用药性太强的，像五加皮酒之类的。成龙的父亲教我，倒 1/3 瓶白兰地进去，效果最佳；煮个 20 分钟，浸过夜，翌日加热，即能做出完美的茶叶蛋。

我在非洲做过一个，吃过的人印象深刻，那是一颗鸵鸟茶叶蛋。

炒蛋

我的炒蛋手艺自小从奶妈处学到，做法是这样的：取两个蛋，先打一个。记得打第二个蛋时用另一个碗，看看有没有问题。如果蛋白和蛋黄混淆不清，即弃，不然会浪费第一个蛋。

开猛火，加猪油入镬。你若用植物油，也随你，只是做出来的炒蛋不那么美味罢了。

油热之前，把蛋打匀，加胡椒。不同时做这个步骤的话，一炒就来不及了。

油生烟，即刻把蛋浆倒进去，随手洒几滴鱼露。蛋味很寡，有了鱼露即起复杂的味觉变化。若嫌鱼露腥，可以用盐，但盐要在打匀鸡蛋时下，否则太过花时间，鸡蛋会过熟。味精无用。

这时会有"沙"的一声，不必等熄火，要即刻把镬拿开，用木匙或镬铲搅动蛋，在鸡蛋没有完全硬化之前将其倒入碟中。

你如果喜欢硬一点的，就再翻兜几下。鸡蛋在半生不熟的情形下最滑，猛火之下迅速炒好，也是最能把蛋的甜味引出的办法。

这样一来，你就可以吃到一碟完美的炒蛋了。

炒蛋，洋人称"手忙脚乱蛋"（Scrambled Egg），意思也是要你快点炒好，慢条斯理做不出好的炒蛋来。

他们也不相信植物油会炒得好蛋，用的是牛油。除了用牛油，他们还会加奶油或鲜奶去炒，虽然他们认为那样会更香，但一加其他东西，炒的速度就慢了，蛋的味道发挥不出来，此为弊病。

洋人做得最好的是一道简单的菜肴——黑松露炒蛋，炒了蛋之后削几片黑松露进去，这是一组极美妙的配合。

我在法国佩里戈尔乡下也吃过一道，黑松露不被削成薄片，而只是被切成小方块，和蛋混来炒，更有香味和咬头。

在黑松露不应季的时候，买瓶用它浸的橄榄油就好了。只有此油，可以和猪油或牛油匹敌。这种油可以在高级食材店买到，你试试看吧，炒出来的蛋不同凡响。

在所有蛋的做法中，最难掌握的还是蒸蛋。

有人说："蒸蛋的黄金比例是一份蛋，两份水。"

又有人说："不，不，水和蛋的比例是一比一。"

总之，你要自己试验，像小时候老师训的话一样：失败乃成功之母。

有一点须切记：用来混蛋的水，绝对不可以用生水，即未煮过的水。也有些大厨传出秘籍，说蒸蛋要用粥水。粥水，也不过是煮过的水。

生水中有很多氧气，即使蛋和水的比例正确，蒸后蛋的表面也有一粒粒的水泡，并不平滑，影响美观。

至于要蒸多久，全看你的炉火有多猛。

我喜欢吃的蒸蛋是最简单的，加盐或鱼露去蒸，其他什么食材都不加。洋人也有异曲同工的做法：只加糖，把蒸蛋变成甜品。

复杂一点，可以在蛋浆中加猪肉碎。我喜欢剁一些田鸡肉加在猪肉碎中，这样一来更甜。进一步说：把蛋壳顶敲一小洞，倒出蛋浆。将蛋浆和肉碎及田鸡肉倒回空蛋壳中，再蒸。

完成后，用茶匙舀来吃也行，切半来吃也行。烹调是一门天马行空的技艺，我们可以自行探索、创造。

广东人的金银蛋，是用新鲜鸡蛋和咸鸭蛋来蒸的。三色蛋，则加了一味皮蛋。

日本人也爱吃蒸蛋，他们做得最好的是"茶碗蒸"，那是把鱼饼、银杏、鸡肉、虾，加上木鱼熬出来的汤，放进一个茶杯中蒸，其中加了"三叶"这种野菜，味道极为古怪，初尝者大多会吐出来。

洋人不大懂"蒸"这个字，他们很少用专门蒸东西的厨具，只是把菜放进焗炉中，算是半蒸半焗吧。

其中有一道菜也很像日本的茶碗蒸，用焗杯将带壳的虾和续随子（Capers）[1]，加牛油、胡椒，放入焗炉蒸出来。续随子已够咸，不必再加盐了。

烧蛋

烧，是最原始的烹调法，将其发挥得最佳的是日本人。《源氏物语》中，源氏和平代打仗，后者败后逃亡，在山中进食，只能用烧，故称"落人烧"，即战败者的烹调。烧蛋多为将煎蛋焓[2]熟后再烧。

有时还是用镬，只是不加油。日本人烧蛋时，会用一个特别的厨具，它像一个扁平的长方形铁饼盒。

把蛋打匀，蛋浆放进扁平镬，分量不能太多，经热后，就会烧出一层很薄的蛋片来，轻轻地由下卷上，卷成一长卷，再在空处加蛋浆，再卷。把它包在第一卷上，依照这种方法，一卷又一卷，最后做成烧蛋卷。

直切开来，有美丽的图案。

如果不卷，一层叠一层，那就是千层蛋块了。

烧蛋卷做得最好的寿司店师傅，他们会一层蛋、一层切得极薄的海

---

[1] 续随子是一种用盐腌制的刺山果花蕾。——编者注

[2] 焓，粤语，指利用大量沸水将食物炊软、炊熟。——编者注

鳗鱼这样叠起来，看不见鱼片，但吃得出鱼味。

又有些寿司店是用鲜虾代替海鳗的，让客人以为是海鳗，又不像海鳗。

嘴刁的客人一走进寿司店，第一件事就是点烧蛋卷。如果吃得下去，那么表示这家店有水平；味道一差，就走人，不再吃下去。

但是如果你也依样画葫芦，遇到脾气不好的师傅，会知道你要来考他，他也不作声；但最后结账时，会算你双倍的价钱。

淡水河鳗的鳗鱼店中，也一定卖烧蛋卷。店家用来夹在蛋与蛋之间的那层河鳗是很厚的，为的是让客人吃一个过瘾。

烧鸟店里除了烧鸡肉串，也卖烧鹌鹑蛋，一串5粒，只是用椒盐去烧。也有浸了甜浆烧得略焦的，较为美味。

洋人的烧蛋，多是被做成甜品。打蛋浆进一个杯中，隔水炖熟，最后撒上白糖，再用喷火器把表面烧焦，就是焦蛋了。

中国不用烧，最多是烟熏，把蛋焓得外硬内软，再烟熏。这种蛋上海人做得最好。

焓蛋

焓蛋倒是洋人的拿手好戏，我们较少用这个烹调法。

焓蛋的第一个原则，就是滚水不可加盐，否则蛋白就会出现一个个的小洞，影响美观。

最基本的焓蛋做法是这样的：用个锅子，加白醋，待水滚。

看到水冒大粒的气泡，中国人称"蟹眼"之时，就可把蛋慢慢地倒入滚水，每颗蛋焓一分半钟。其他菜的时间不必掌握得那么精确，但是焓蛋最好守着 90 秒的原则，在超级市场的食物部可买到一个便宜的电子秒表，很管用。

焓蛋一般是现焓现吃，如果要做一个数百人吃的早餐的话，也可以事先焓好，放进冰柜，可贮藏至两天。吃时重新加温，在滚水中将其浸个 30 秒即可。

要是还不能确定焓蛋熟不熟，那么以一根汤匙捞起，用手指轻压蛋的表面：熟了有弹力，不熟蛋黄会被你压破。

蛋一焓好，即刻上桌，但样子不会好看，可以把蛋放进冷水，用刀子把不规则的蛋白削掉，成为完美的圆形，焓蛋完成。

洋人，尤其是英国人，吃的最多的焓蛋"班尼迪克蛋"（Eggs Benedict），做法如下。

把英式松饼（English Muffins）切片，烤个一两分钟。

用牛油炒菠菜，加盐和胡椒，熟后取出，置于面包旁；以剩下的牛油煎一片牛舌，放在面包上。

把蛋从滚水中捞起，甩掉水分，放在牛舌上。

倒大量的荷兰酱（Hollandaise Sauce，可在超市中买到）在蛋上，再撒细葱段，即成。

如果不喜欢吃牛舌的话，可以用火腿片代替，但这又不正宗了。

焓蛋还可以放在汤中上桌，也有人将其放在烤洋葱上或薯仔蓉上，更有人将其加在各种青菜的沙拉中。另一道出名的吃法叫佛罗伦萨蛋（Eggs Florentine），是以大量菠菜为主角的。

焗蛋和混蛋

普通的奄姆烈属于煎蛋类，如果做西班牙的又圆又大的蛋饼（Tortilla），那就要用焗的了。

用一个中型、直径 20 厘米的平底锅，加橄榄油，放薯仔角进去炒熟，加洋葱，再炒。另外把西班牙香肠切片，和大蒜及西洋芫荽一起爆香，最后用锅铲把薯仔角压成蓉。

这时就可以打蛋进去了，通常那个中型的平底锅要用 6 个蛋，如果你想吃厚一点的，用 8 个蛋好了。

撒盐和胡椒，把蛋和其他食材慢慢翻兜，像在煎奄姆烈一样。炒至蛋浆全熟时，将一个比平底锅更大的碟子盖上，翻转平底锅，让蛋饼置于碟中；再将其放进锅，两面煎之，煎到表面略焦，即成。

一般在店里吃到的蛋饼，都用很少的蛋来煎大量的薯仔，香肠又下得吝啬，吃得很不是味道。但西班牙人说那样才正宗，自己做时随你加料，加至心满意足为止。

意大利人做的蛋饼没西班牙人的那么厚，叫"Frittata"。不同之处还有 Frittata 中加了大量的西红柿和香草。若把西红柿和薯仔从洋人的食谱中拿走，菜怕是烧不成了。

一谈到混蛋，做法十分多，其实任何食材都可以混入蛋烹调。洋人多用蛋来做甜品，像他们的"舒芙蕾"（Soufflé）要混入很多芝士。"可丽饼"（Crepes）混了面粉和糖。"华夫饼"（Waffle）也要加面粉，还有其他甜面包类，以上甜品的制作缺少不了蛋。

别忘记冰激凌也是混了鸡蛋做出来的，此外还有数不清的鸡蛋酱。

这里谈的蛋的做法，只举了一两个例子。如果要统计全世界的带蛋食谱数量，大概至少有一万种吧。蛋的家庭做法很容易找到资料，等有空时，我再把大厨做鸡蛋的心得一一细述。

至今，我还是不断地寻求，遇到喜欢烧菜的人就问他们怎么做自己最爱吃的蛋。很奇怪的是，每次都有意外的惊喜。如果各位有任何独特一点的建议，欢迎提供，我想将它们编成一本"蛋书"，书名就叫"蛋蛋如也"吧！

荷包蛋和炸蛋

为了要煎一个像样的荷包蛋，我买了一个生铁锅。大号易找，小号难寻，走了几家老餐具店，终于到手。

另外，我得去找个红砖泥做的炉，中国香港根本没有；到泰国芭堤雅公干时，买到了一个。

接着，是炭了，夏天的水蜜桃旅游团有一餐吃三田牛，去了好友蕨野的餐厅，他用备长炭[①]烤肉，向他要了一些带回香港。

可以动手了。将生铁锅洗刷干净，倒入大量的油；等它发热，倾回碗中。锅里只剩下一层薄油，打蛋进去。

小炉炭火并不猛，慢慢煎之。把生铁锅倾斜，让蛋白一流，表面一边留在原位，一边流长并扩大。

蛋白边缘发起泡来，一个，两个，十多个，最后发出数十个泡。

---

① 备长炭是日本的一种优良木炭，常用作烧烤燃料。——编者注

　　举起锅，让热度减退，此时就可以将流长那部分的蛋白用铲一掀，让它黏在另一边上面，像包饺子一样，做出半月形。最后又提起锅，胆大心细地用力一翻，把蛋白反面也慢火煎至微焦，盛入碟。

　　煎荷包蛋是不必加盐的，等大功告成时淋上老抽，撒了葱花。整个过程约需十几分钟。至于怎么能把蛋黄煎为溏心，全靠失败又失败的经验，食谱的记载大多是骗人的。

　　比较容易控制的是炸蛋了。

　　若看到锅中的油已经发烟，我们就可以把整个蛋放进去炸。记得若火太猛，就要把锅子拿开，不然蛋白焦、蛋黄生，也不是好事。炸蛋的重点在于把蛋白炸到冒出大泡来。

　　蘸生抽或老抽都行，这样即可简单地做了一道好菜。

　　我上次去广东台山，听说有道叫酸甜蛋的菜，即刻点了。原来就是炸蛋，但不用酱油，而是以五柳酱代之。酱又酸又甜，淋到蛋上，就变成酸甜蛋了。

　　煎荷包蛋也好，做炸蛋也好，如果不用猪油，一定不香，一切都是枉然。

奄姆烈

把蛋打了，煎成一个两头尖的包，就叫奄姆烈了。欧洲人都说是自己国家发明的，当然轮不到美国人发言。至于到底谁先谁后，无从考证，我们当它是一道超越国际的菜好了。

和法国人谈起奄姆烈，单单是用什么锅子就要争吵个半天，至于是用木勺翻好，还是用银叉叉好，又要辩个面红耳赤。

基本上，食家都会同意，不必用不粘锅。法国的铜制锅也好，普通的铁制平底锅也行，高手的话，不必讲究厨具。

先把软牛油下锅，分量依你要煎的蛋的个数。法国人的奄姆烈，蛋一下就是 12 粒及 18 粒，别说不吓人。

从 3 个蛋开始吧。把蛋打匀，不必打至发泡，蛋白和蛋黄能够混合即可。

用一个小平底锅，下少量牛油，最好是软膏状无盐的那种，但冻成整块的亦无妨，煎蛋过程中更不下盐，盐和胡椒是上桌时才下的。

使用中火，待见油微微冒烟时下蛋浆，让它铺满整个锅，可以用木勺或银匙搅动。若看到蛋浆有点凝固，不必等到它发硬，就可以从手柄那头开始，用勺把蛋向前卷。

卷到折叠圆形成半月形，再一手抓住手柄，一手力量恰好地在柄上敲一敲，蛋即刻能翻底。此步骤应多加练习，这也是当厨子的第一课。

这时，又可用木勺把蛋再卷卷，卷成中间胖两头尖的形状，再煎至表面有点焦黄。

一手抓柄，一手拿碟，把锅中制成的奄姆烈滑入碟中，绝对不可用勺掀起放进碟。

有些人会把剩下在锅中的牛油，用一把刷子沾一沾，来涂奄姆烈的表面，但一般大厨都认为此步多余。

奄姆烈要煎至内溶外固才好吃，多加练习，就会成为熟手。蛋除了这种煎法，最普遍的做法是加灯笼椒、火腿和洋葱，将以上食材煎完包在蛋中。美国人称之为西班牙奄姆烈，法国人则称之为葡萄牙奄姆烈。加新鲜芫荽、细香葱、细叶芹碎的叫香奄姆烈。先把芦笋灼熟，只取其尖端，再将其包在蛋中的，叫芦笋尖奄姆烈。奄姆烈也可以当作甜品，用橙皮来制的叫橙皮舒芙蕾奄姆烈。

茶碗蒸

做茶碗蒸（Chawanmushi），先要有一个容器。日本的茶碗等于茶杯，通常有一个盖。有了盖，蒸的时间就要长一点，这种茶碗很容易在日资商店买到。如果家中没有，用普通茶杯也行，要盖上一层锡纸；或者连锡纸也免了，但要在蒸炉的盖上包一层布，以防水滴入，一滴入，菜品表面样子就不好看了。

下面先由最正统的做法开始。

材料有：鸡蛋、鸡胸肉、烤鳗（只能用海鳗，不可用河鳗）、虾、日式鱼糕（Kamaboko）、银杏、冬菇、鲜百合、三叶和柚子皮，还有淡酱油和出汁（Dashi）。出汁是一种用鲣鱼碎和昆布 ① 熬出来的汤，要用一番出汁。

先打蛋，不能起泡，起泡蒸出来的表面就难看。要不起泡，秘诀在于打蛋不是团团乱转往同一方向打，而是把筷子插到碗底，画"Z"字。

蛋打好了，就可以加一番出汁。

把鸡胸肉、烤好的海鳗及鱼饼切片放入碗，银杏则要去壳剥皮。冬菇用新鲜的，在顶上割三刀，蒸熟后呈现花一般的纹路。再取中虾整只，皆放入碗。

各个人的厨房中，蒸笼大小不同，火的温度各异，要蒸多久全凭失败后积累的经验。秘诀在于先大火，后小火，蒸熟后将碗放在炉中，等5 分钟再取出。蒸 10 至 15 分钟试试看，各位还需要牢记以下原则。

1. 在打开蛋时，可在砧板或任何平面上敲开，这样就没有碎壳；如果你在碗边敲，那么碎壳就多了。
2. 蛋浆可用一块布或铁网筲箕 ② 隔一隔，这样会更均匀，蒸出如丝似绵的蛋来。
3. 切鸡胸肉时，记得把白筋去掉，用全瘦肉。
4. 虾剥壳后可用清酒腌一腌。
5. 鸡肉也要用酱油腌一腌。

---

① 昆布，一种具有很高药用价值的海藻。日语中把海带统称为昆布，中国某些地区及一些植物学书籍也说海带的别名为昆布。但在生物学意义上二者不完全相同。——编者注
② 筲箕是一种生活用品，一面平口，其余部分似筛子。——编者注

有了基础做法，就可以尝试以下创新做法。

有人用带子（鲜贝）或鲑鱼来代替鸡胸肉；用干冬菇代替新鲜冬菇，也可以选用舞菇。

找不到银杏时，可用青豆。没有柚子皮，就用柠檬皮。

有些人在蛋浆中添些清酒、日本米醋并撒些胡椒。

切记酱油只能用生抽。一用老抽，颜色就不对了。

多堤雅

和西班牙海鲜饭巴耶雅（Paella）一样，两个字母 L 叠在一起，西班牙语发音为"雅"，故 Tortilla 叫作多堤雅，是一种又煎又烘的蛋。

几乎每一个西班牙人都把多堤雅当饭吃，当早餐、午餐，甚至宵夜，吃热吃冷都没问题。到了酒吧，叫壶酒，送的也是多堤雅。

材料只是马铃薯和鸡蛋罢了，要做得正宗，得用专门做多堤雅的铁锅，在西班牙各地皆有售，大大小小，看你要做多少人份的了。至于锅铲，通常是又圆又扁的，可以将之与烹调海鲜饭的锅铲共用。

每个西班牙家庭都有不同的做法，基本上是先下橄榄油（也见过用牛油，甚至用猪油的），把切成碎块的马铃薯煎至金黄，当然事前须先爆香大蒜。

煎马铃薯得勤力翻动，否则易焦。这时可下适量的盐，并用圆铲把薯碎压扁，有些人还压至糊状呢。煎好后取出待凉。

另一厢，用一个大容器，把鸡蛋打匀。鸡蛋新鲜与否是决定性的，过时者烘后不会发胀。打匀鸡蛋后，就可以把煎过的马铃薯放进去，将二者混合。

在专门煎蛋饼的深底铁锅中下橄榄油，待油冒烟，就可将蛋和马铃薯倒入，煎至饼底略焦、饼身发胀时，用一个大碟扣住蛋饼，翻过来，再煎另一面，至同样焦度，就能上桌了。

蛋饼一般一定要有厚度，扁平的多堤雅是不能接受的。别小看这个过程，高手煎出来的保存多时，也润而不干。

很多人第一次吃多堤雅，会认为它并不十分美味，因为没有肉类搭配，蛋和薯本身的甜度不够，西班牙人当然不会像东方人那样下味精。有些家庭主妇会掺些菠菜或者培根、肥猪肉提味，这样一来，又是另一种菜了。

墨西哥人用玉米薯粉做成的薄饼皮，也叫多堤雅，不可将其与西班牙的相混淆，它的做法像印度薄煎饼（Chapatti）。用来包香肠和蔬菜的，通常叫作塔可（Tacos）或者辣肉馅玉米卷（Enchiladas），它也是国际名菜之一。

第二章

荤素相宜 人生享受

苦瓜颂

谈苦瓜吧。人生已经够苦，广东人把苦瓜叫作凉瓜，颇有诗意。夏天啖之，苦苦的，好像又有一阵清凉。

苦瓜又叫半生瓜，照字面解释也许是全熟了不好吃，太熟变黄，半生时碧绿，极美。半生，也可以说是人生到了一半的时候，才会慢慢欣赏苦恼带来的滋味，愈吃愈觉得这种苦味比甜、酸和辣更深一层。喜欢上了苦，代表我们已经可以吃苦，人生已经安逸。

爱上苦瓜，就要找最苦的。市面上的苦瓜多是长条形的，瓜上的疙瘩很粗、很大，呈浅绿至深绿。疙瘩越小的越苦，像冲绳岛的，苦得很。但是最苦的，莫过于中国台湾乡下找到的野生苦瓜，一颗颗手掌般大，炒后来吃，苦得人整张脸都皱起来，不吃过便不知道它的厉害。

不是要老了之后才能欣赏这种滋味，我友人的小儿子，自幼喜食之，爱"吃苦"也可能是天生的。但这种味觉的基因，在洋人身上就不怎么显现了，从来没听过洋人喜欢吃苦瓜的故事。冲绳有很长一段时间不属于日本，很多日本人也不欣赏苦瓜。

苦瓜有降血糖、消炎、退热、明目等作用，甚至可以用来美容。传说它能滋润皮肤，有美白功效。有人将它切成薄片，敷在脸上，当面膜用。

提起食物药用，若想起到治疗效果，至少要吃成百上千斤相关食物吧。照我们日常吃的苦瓜分量，是不会有明显效果的。

还是说说苦瓜的烹调法吧。

依古人的智慧，苦瓜和豆豉的配合最佳。什么都不必下，连蒜头也

可以免了；油熟后，撒豆豉爆香，倒入苦瓜片，兜几兜就能上桌，苦瓜又爽又脆。喜欢吃软的，倒水进锅，待水滚，上锅盖，焗它一两分钟，就能软熟，豆豉也更加入味。

吃肉的话，牛肉和苦瓜的搭档也是完美的。这道菜可以用蒜了，炒牛肉时先用蒜爆一爆，再下苦瓜。若是觉得肉太硬，那是因为你选择的牛肉部分不对，到肉档指定选择肥牛好了，这种肉怎么炒也不老。如果能掌握好火候，向肉贩要一块包住牛肺部的肉，叫"封门腱"，将它切成薄片，速炒速起，肉味就更浓了。生炒苦瓜，捞起备用，待封门腱炒好，再把苦瓜放进锅中兜两兜，就能上桌。

至于咸味，通常在油熟时下盐溶之即可，你会发现牛肉和潮州鱼露配合得比盐好，味道较下盐也更错综复杂，这都是前辈教的，错不了。如果你想有点甜味，那么味精可免，下一点点糖，不会过甜，比下什么鸡精更妙。反正所谓的鸡精，也不过是味精。

比味精更厉害的"师傅"，就是糖精了，当今的食肆里新派菜，有一道所谓的话梅苦瓜，是冰镇后上桌的。把苦瓜片成薄片，用话梅粉捏它一捏，放在冰碎上，即成。客人一吃，酸酸脆脆、苦苦甘甘，大声叫好。但是，要知道所谓的话梅粉，就是大量的糖精，拌什么都好吃，但多食无益。

凉拌苦瓜中，还有一种叫"人生"的菜，那就是糖腌的"甜"，醋拌的"酸"，苦瓜本身的"苦"，还有辣椒酱拌的"辣"了。像芥末墩一样，分四堆上桌，就叫"人生"了。

另一种家常的搭配，就是与鸡蛋搭配了。苦瓜炒鸡蛋，是冲绳菜的代表作。也可以将苦瓜蒸成饼状，切成方块上桌。若要变化，可用咸蛋黄炒苦瓜。

不单是肉类，苦瓜和海鲜也配合得好。把蛤蜊浸水，别学古人放生锈的刀，撒点指天椒碎下去好了，蛤蜊即刻把沙吐得干干净净。然后下苦瓜去煮汤，这道汤苦苦甜甜，非常好喝。

但我最喜欢的还是最家常的黄豆排骨煲苦瓜汤，百喝不厌。更厉害的做法是用螃蟹，把螃蟹切开，用豆豉炒它半熟，再将苦瓜切成厚厚的一片片，铺在螃蟹上；先用猛火，再转文火去焖它一焖，上桌时香味扑鼻，这时想吃苦瓜的心便多过吃螃蟹了。

另一道有苦瓜的焖菜，用到了石斑扣，即连在鱼肚至鱼肠的那个部分，要大尾的石斑鱼才有，用大块苦瓜焖之，味道一流。

所有的瓜，都适合用来"酿"。客家人的酿豆腐菜中一定有酿苦瓜，把鱼肉剁碎制成泥状，将它酿进苦瓜中蒸熟来吃。味道要浓，有一秘法，那就是在新鲜的鱼蓉之中，加入马友咸鱼蓉。

苦瓜的做法数之不尽，当今人流行把蔬菜鲜榨成汁来喝，中国台湾人老早就将苦瓜榨汁，他们的苦瓜是很特别的白色的，叫作白玉苦瓜。将其榨汁后加上蜜糖调味，又甜又苦。白玉苦瓜的苦味不浓烈，很受女性欢迎。

我自己炒苦瓜时，最喜欢的一道菜叫"苦瓜炒苦瓜"，那就是把苦瓜分成两份，一份氽水，让它柔软；一份就那么切片去炒，口感脆松。当然也得下一把豆豉。这两种不同口感的苦瓜，非常特别。本来嘛，看名就够特别的了。

法国面包

到了法国，我才知道面包的种类多得吓人。最初的面包是用一圆团面粉做的，做出来也是圆形的。我们印象中的长条面包法棍只是其中之一，从巴黎开始流行；历史也不长久，只有不到两百年。

长条面包与埃菲尔铁塔、凯旋门一样，和巴黎人的生活是离不开的。百货公司和超市的面包店中，大量生产的面包居多。街头巷尾的面包店，从搓面粉、焙烤到贩卖是呈一条龙的，法律上规定才可称为"Boulangerie"（面包房）。这条法规一颁布，整个法国约有 3 5000 家面包店要改招牌。

怎么看得出面包是工厂制造，还是私人烘焙的呢？很简单，私人烘焙的长条面包呈金黄色，皮坚脆。皮裂开，里面是乳白色的，带点黄，气洞的大小不规则。工厂制造的，是用冰冻面团来做的，外表色泽不光亮、干枯、带白点。面包里面，法国人叫作软面包（Mie）的，气孔的大小是划一的，颜色洁白，有如棉花；吃起来，味道也像棉花。

法律也规定，长条面包的原料只能用四种：面粉、酵母、盐和水。

以制作三条长条面包所需原料来看，原料有：4 茶杯面粉、1 茶匙酵母、1 ~ 2 茶匙盐、2 杯温水。

制作步骤为：用两个大锅，其中之一放入面粉和盐，拌匀后，取一半来用。

另一个锅中，放进那一半，加酵母和温水。用手多番揉捏那一半至成团，用布盖住，等 3 小时。将面团取出，把原先的另一半加入，再揉捏。

在木板或钢板上撒些干面粉，把面团又揉捏 10 分钟，感到有黏性和弹力时，就可停手。待一小时，面团就会发胀至双倍大。

先将烤炉烧热至 450 摄氏度。这时可以再揉捏面团，拉至 28 英寸[①]长，这是长条面包的规定长度。待 20 分钟，才能将其放进烤炉。

秘诀在于把一碗水放进烤炉中，烤个 10 分钟，即成。

不妨在家学做，但总没面包店的巨大烤炉烤出来的那么香。

蘑菇菌菇

人生中最初接触到的食用菌类，是最普通的冬菇，小时候吃，觉得奇香，是宴客时才上的高级材料；后来出现大量农场种的，就不稀奇了，味道也失去了。

当今冬菇上桌时，吃也只吃它的椗[②]。斋菜中有一道冬菇椗，拆开后很像江珧柱。冬菇本来是中国人首先吃的东西，如今人们却多用日本名称呼它，叫"Shiitake"，他们都知道是冬菇。

我带美食旅行团去日本冈山县吃水蜜桃，行程也安排去一家叫"美作园"的，可以参观冬菇的培养：把一节节的松木斩断后钻些小洞，放

---

① 1 英寸 =2.54 厘米。——编者注

② 椗即菌菇的嫩芽。——编者注

进冬菇菌的孢子就能长出冬菇。新鲜冬菇摘下来后烧烤，非常美味，此地值得一游。

再后来吃到的是蘑菇，以为是黄颜色的，因为多数是罐头食品，后来在菜市上才看到新鲜的蘑菇，方知其是纯白色的。它的白，白得非常可爱。蘑菇很甜，百食不厌。到外国旅行时酒店的自助早餐经常有煎蘑菇，我最爱吃了。

晒干后的草菇也是我们家里常吃的，在冷水中泡一泡，洗净了再拿去煮汤，汤呈褐黑色。本来没引起我的食欲，但当我把鸡胸肉切成薄片，待汤全滚时扔入，即刻熄火，就不一样了；汤黑中带白，很美丽，也特别甜。这道菜任何人来做都不会失败。在外国生活时，找不到草菇，可以用羊肚菌（Morel）或牛肝菌（Porcini）干来代替，效果更佳。

我第一次试大蘑菇（Portabellas）^①是在意大利，它放在碟中，有整块牛扒^②那么大，用刀叉锯来吃，不逊肉类。这种菇在欧洲或大洋洲诸国常见，中国香港超市里出售的是由荷兰进口的，看到了一定要买下。做法很简单，在平底锅中下点牛油，待生烟，就把大菇放下去，面朝底。蘑菇不可水洗，只要用厨纸擦干净就行，有了水滴就喷到满脸油。煎个两三分钟，视菇的厚度而定，再翻过来煎一煎，最后淋上酱油，即上桌，香甜无比。这道菜谁都会做，不妨一试。

一二十年前，竹荪打进中国香港市场，当时人们感到惊艳，还传说它是生长在竹筒里的囊，其实它也只是菌类的一种，在云南有很多，将

---

① 大蘑菇此处指褐菇，又名洋松茸、牛排菇，盖大柄粗，菌肉肥厚。——编者注

② 牛扒即牛排。——编者注

新鲜的切块后下火锅来吃，算不了什么。

今时流行健康食物，菇类大行其道，云南和其他各地都有野菌宴；都是吃菇，非常单调，总有些不满足的感觉，那么最好是把它当成早餐。早上吃清淡一点也好，一碗汤更解宿醉。上次在昆明，我就叫酒店为我们安排一人一个小边炉，桌上摆满菌类自助，味道和形状离奇的有桦树菌、白鳞伞、星孢寄生菇、白香蘑等，当然少不了出名的鸡㙡菌。拿它来白灼，多生多熟自主决定。汤底是用山瑞①肉熬出来的，多了动物味，吃起来就不觉得寡淡了。

黑松露菌被法国人当宝，它埋在土里，起初人们是拉了一头猪去闻出其所在并挖出来的，后来猪抢先吃掉，人不甘愿，就放弃用猪，改养狗而代之。狗较笨，服从性强，不会偷吃，但法国人也不太信任它，最后靠自己的鼻子找，弄得满脸泥巴。这种菌极少，故人们很珍惜地吃，刨一点和鸡蛋一齐炒，最便宜的东西配上最贵的，也不错。意大利的白松露菌也是此般吃法，非常寒酸。我曾经在巴黎的一家名店买了一樽泡渍的，每瓶的黑松露菌都有鱼丸那么大，一粒一千港元，一口食之，才觉得有点过瘾。

日本的松茸也是珍品，最典型的吃法是切了一小片，放在一个像小茶壶的器具中，加鸡肉、银杏、鱼饼当汤，称之为土瓶蒸。可别小看这一片东西，香味全靠了它。真正的日本松茸香味奇佳，但产量极少，不道德的商人还把铅粒塞在菌中增加重量。当今在日本市面看到的，如果价钱略为合理，都是韩国产的。韩国的味道大为逊色，后来日本人又发

---

① 山瑞是一种外形与中华鳖相似的鱼类。——编者注

现中国有同样的东西，是我们叫作松口蘑的，就大量进口，价钱更便宜了。但是中国松茸得个甜字，已无甚香味可言。反而是在泰国清迈找到一种小粒的菇，皮爽脆，咬破之后甜膏喷出，比什么黑白松露菌和松茸都好吃。

说到贵，我们不可忘记冬虫夏草也属菌类，灵芝当然也是菇，前者身价何止百倍，后者要找野生的，几乎已经绝迹了。

外表极为鲜艳的菇我们一定要小心，最甜美的毒性最强。有时这种菇也扮平凡状，样子像普通的羊肚菌，叫作假羊肚菌（False Morels），很多人吃后中毒了。有种叫"Jack-O' Lantern Mushruoom"的灯笼菌，在暗处甚至会发光，香味浓郁，采者以为可食，其实有毒。最可怕的是"Amanitas"，也叫作"毁灭天使"（Destroying Angel），吃一小块即死!

我曾读过卡洛斯·卡斯塔尼达所写的《巫士唐望的教诲》系列书，对迷幻的菇产生很大的兴趣，我在南美洲拍戏时一直要求当地工作人员替我找些来试试，但他们推三推四。原来是不好找，巫师们才拥有一些，终是没吃上。

麻叶

薄壳也许还有福建人吃，但是福建人没有潮州人对它那么疯狂。另一种潮州之外少有的佐粥小菜，叫麻叶。

当今，可以在香港九龙城一带的潮州杂货店看到麻叶，它被放在一个盘上，一大堆，绿绿黄黄，干干瘪瘪，外地人看到了不知道是什么。

老一辈的潮州人当它是宝，尤其是到了南洋，见着必买。旧时种黄麻来作绳索，种得满地皆是，随时随地抓了一把，泡制后便能当菜。

如何腌渍？先放进滚水中灼一灼，然后加盐，潮州人称之为"咸究"，有增加咸味、去水分、减体积等多重意思。

过去的人下南洋，赚到钱寄回乡，就养了一群无所事事的纨绔子弟，潮州语叫"阿谢"。阿谢每天研究饮食，认为做"咸究"麻叶，最好别用盐，要以咸酸菜汁来泡。

咸酸菜的原料是大芥菜，腌制过程要经发酵，产生多种氨基酸和酒石酸。这种咸酸菜的汁，才会把麻叶的味道弄得错综复杂。

成品不放冰箱，也能保持鲜度，我们家的吃法是生爆香蒜蓉，再下普宁豆酱，炒它一炒，即成。当然没有忘记下一点味精。

有此物，就能吃白粥三大碗。它的味道苦苦涩涩的，但细嚼之下，会产生一种独特的香味，是让人吃上瘾的主要原因。

说到上瘾，也别以为这种麻叶，就是嬉皮士们抽的大麻。大麻属于大麻科，而潮州麻叶是椴树科的黄麻。

荨麻科的苎麻、亚麻科的亚麻、芭蕉科的蕉麻、龙舌兰科的剑麻和大戟科的蓖麻，其种子和嫩叶大多含有麻醉性。

种子炒熟了就没事，药材店卖的"火麻仁"就是这种东西。将叶子晒干、燃烧后吸取，则有如《本草纲目》所说："多食，令人见鬼狂走。"潮州人的麻叶，怎么吃也不会"令人见鬼狂走"，请放心。

泡菜颂

泡菜不单能送饭，下酒也是佳品。

我尝试过诸国泡菜，认为境界最高的还是韩国的"金渍"（Kimchi）。韩国人不可一日无此君，吃西餐、中菜也要来一碟金渍。

金渍好吃是有原因的，它是从韩国悠久的历史与文化中产生的食物。先选最肥大的白菜，再加辣椒粉、鱼肠、韭菜、萝卜丝、松子等泡制而成。韩国家庭的平房屋顶上，至今还能看到一坛坛的金渍。

韩国梨著名地香甜，将它的心和部分肉挖出，把金渍塞入，再经泡制，为天下罕有的美味。这是韩国人的做法，吃过的人不多。

除了泡白菜，他们还以萝卜、青瓜、豆芽、桑叶等为原料。另一种特别好吃的是根状的蔬菜，叫桔梗（Toraji），味道尤其鲜美。他们什么菜都泡，说也奇怪，想不起他们的泡菜中有泡高丽菜 ① 的。

广东人称为椰菜的高丽菜，洋人泡制起来也拿手，但是在他们的饮

---

① 高丽菜，又叫卷心菜、甘蓝，中国闽南及台湾地区的人也称其为椰菜。——编者注

食文化中，泡菜并不占重要的位置，泡法也简单，浸浸盐水就算成了。

一些地方的人也用盐水泡高丽菜，但会加几条红辣椒。做得好的是四川人。他们用豆瓣酱和糖腌高丽菜，做出来的有点像韩国金渍，但没有它的酸味。可惜目前在四川馆子吃的，多数加了番茄汁，不够辣，吃起来不过瘾。

在一般人的印象中，泡菜要花的时间甚多，但事实并非如此，泡24小时已经足够。日本人有个叫"一夜渍"的泡菜，过夜便能吃。

日本泡菜中最常见的是腌得黄黄的萝卜干，吃它时一看就知道不是在吃泡菜，而是在吃染料。京都有种"千枚渍"，是把又圆又大的萝卜切成薄片泡制的，像一千片那么多，还可口。但是京都人特别喜欢的是用糖腌大量越瓜的泡菜，甜得倒胃，我就不敢领教了。日本泡菜中，最好吃的是一种叫"Bettara Tsuke"的酱萝卜，把萝卜腌在酒糟之中，吃起来有一股幽甜。喝酒的人不喜欢吃甜的东西，但是这种泡菜，酒鬼也钟爱。

其实泡菜泡个半小时也行，把黄瓜、白菜或高丽菜切成丝，放进热锅以中火炒之，泡醋、白葡萄酒，把菜盛在平盘上冷却，放个半小时便能吃。

要是你连30分钟也没有耐性等，那有一个更简单的制法，就是把小红葱头、黄瓜切成薄片，加醋，加糖，喜欢吃辣的就加大量的辣椒丝，揉捏一番，马上吃。豪华一点，以柠檬汁代替醋，更香。这种泡菜特别醒胃，可以连吞白饭三大碗。

秋天，是芥菜最肥美的时候。

芥菜甘中带苦，味道错综复杂，是泡制腌菜的最佳材料。潮州人的咸菜，就是以芥菜心为原料。我依潮州人泡制芥菜的传统方法，再加以改良，以配合自己的胃口，就此产生了蔡家泡菜，吃过的人无不赞好。说不定在"暴暴茶"之后，我会将之制成产品出售，这是后话。好货不怕公开，现在公布"蔡家泡菜"的秘方。

1. 准备一玻璃咖啡空罐，大型者较佳。

2. 买三四个芥菜心，取其胆部，外层老叶不用。

3. 水洗之，经风吹日晒或手擦，至水分干掉。

4. 将其切成一寸长、半寸宽的长方形。

5. 放入大锅，以盐揉之。

6. 等待 15 分钟，若性急，不等也可以。

7. 挤干芥菜被盐弄出来的水分。

8. 用矿泉水洗去盐分，节省一点可以用冷冻水，但不可用水龙头出的水，生水有菌。

9. 再次挤干水分。

10. 好了，到这个阶段，把玻璃罐拿出来，先确定罐里没有水分或湿气，然后把辣椒放在最底层，铺半寸左右厚，嗜辣者请用泰国指天椒。

11. 在辣椒的上面铺上一层一寸左右厚的芥菜。

12. 在芥菜的上面铺上一层半寸左右厚的切片大蒜。

13. 在大蒜层上又铺一层一寸左右厚的芥菜。

14. 在芥菜上铺一层半寸左右厚的糖。

15. 再铺一寸左右厚的芥菜，以此类推，根据罐的大小，层次不变。

16. 罐装满后，若仍有空隙，买一瓶鱼露倒入。（目前中国香港已经没有好鱼露，剩下李成兴厂制的尚可使用；泰国进口的，则以天秤牌较佳）。鱼露只要加至罐的一半即可，不用加满。

17. 浸个 20 分钟，不管你性急不性急，这 20 分钟是一定要等的。

18. 把罐倒翻，罐底在上，再浸 20 分钟。

19. 把罐扶正，打开罐盖，即食。

20. 当然，该泡菜隔夜更入味。泡完之后，若放入冰箱，可保存甚久，但是这么惹味[①]的东西，即刻就能吃完，要是放上一两个星期还吃不完，那表示制作失败。

　　潮州泡菜中，还有橄榄菜、贡菜、豆酱浸生姜等，千变万化。

　　如果家里主厨的人煮的菜不好吃，那也不用加以责骂，每餐吃泡菜以表无声抗议，多会令他们生愧，厨艺也会跟着进步。

咸酸甜

　　有人在吃饭时觉得味寡，非来点咸的不可，因此有了"咸酸甜"。本来应该将它归于泡菜类，但也有小公鱼等菜，不完全是素的，也不一定用盐来腌制；潮州人称之为咸酸甜，较为恰当。

　　代表咸酸甜的，是马来西亚人的泡菜，叫"Achar Achar"，将黄瓜、豆角、菠萝、高丽菜、胡萝卜切成条状。将黄瓜、高丽菜腌盐脱水，其

---

① 惹味，粤语，指味道好。——编者注

他略杀。准备小洋葱、辣椒干、香茅、南姜、韭黄、虾米碎、叻沙花、石栗和芫荽籽，加烤香马来盏，用石臼舂碎，下入热锅并加油，以文火不断地耐心兜炒，直到闻着香味，拌入芝麻和花生碎，用盐、糖和罗望子汁调味，就能做出咸酸甜的味道来。

最近我吃得较多的是"虾米雪里蕻"，很容易做：先到菜市场买雪里蕻，可以多买一点，浸在滚过放凉的水中，至少放三四小时，取出，切得有多细是多细。另一厢，泡发上等虾米。用大量的蒜头，刀背略略拍拍，最后把一两颗指天椒切成小圈。

准备好了，就可以开始烹调了：油下锅，待冒烟，放入大蒜爆之，这时可以下虾米和雪里蕻去炒，须勤力。如果太干，则可下一点浸虾米的水。加白糖，试味，如果雪里蕻浸得过久，咸味尽失的话，那么可以滴鱼露，再试味，总之第一次做的话就要试到你自己中意为止。最后，下指天椒，大功告成。

这一道菜已炒干，放入冰箱后随时可以拿出来吃，不会因有水分而发霉，能贮放甚久，吃粥、下饭、送酒皆宜。

另一道菜是"榨菜挑柱"，去南货店买一个四川榨菜，洗净揉干后切丝；再买一个中国台湾人做的榨菜，不咸，带甜，也切丝。将两种泡菜混合在一起，味道才能中和。

准备好后，到海味店买江挑柱。大粒的才好，也不必花高价买全粒的，碎块的就可以，将其浸水后发开，再撕成丝，和榨菜丝一块炒，炒至水分泡干就能吃了。如果嫌太咸，可加白糖，用塑料盒装起，随时拿出来吃。

做好要即食的是"酱萝卜"，这一道菜天香楼做得最好，模仿杭州菜的馆子也照做，但怎么做都没有天香楼的味道。这不是什么高科技，不够勤快而已。

我们可以自己泡，再简单不过了，首先，买白萝卜，切片，用盐揉之。早上做，中午已会泡出很多水分，将水倒掉，这时就可以加糖去揉了。过一会儿，放一点五香粉，添一两颗八角，淋生抽，泡到晚上就能上桌。

（编者注：图中的繁体字为"咸"。）

但这道菜要吃新鲜的，放在冰箱中一两天没问题，超过了就不好吃了。天香楼的那么美味，也全靠每天一早就做一份，现做现吃。

"鱼露泡芥菜"选的是大芥菜头的心，切片后加蒜头、糖、鱼露和指天椒泡之，我前面写的"蔡家泡菜"中有详细的做法，在这里就不赘述了。

我还试做过"朝鲜泡菜"，那就是买一个巨大的韩国水晶梨，如果找不到可用日本 20 世纪梨代替：把梨的中间挖出一个洞来，再把韩国泡菜塞进去。挖出来的梨肉也不必浪费，切成丝一

块腌渍。因为，泡白菜我们永远不如韩国本地人做得好，可以不必自己花功夫，买现成的就好了。这道菜本来要泡上一年半载才入味，但是我没那么多时间，泡个几星期就拿出来吃，也比韩国泡菜好吃得多了。

酸　　甜

泡个两天就能上桌的还有北京人最拿手的"芥末墩"，本来的方法是用大白菜的心，揉以黄色芥末和糖，非常美味。这道菜要放在冰箱内冻过才更好吃。

变化出来的菜：同个方法，用日本山葵和糖泡白菜心，是绿色的；用韩国辣椒酱和糖泡白菜心，是红色的。做起"三色墩"来，又好看又好吃。还有一点小秘诀，那就是把大蒜切成薄片夹在白菜叶中间，味更浓。这也是我特别喜欢大蒜的缘故，不爱吃的还是免了。

依据相同的原理，我还用白木耳去泡：把白木耳发了，在滚水之中拖一拖，可以做成一朵朵、三种不同颜色的泡菜花来，非常悦目。但木耳无味，可以泡前用白醋揉之。

另外几种小吃用芝士来做，到"City' Super"（中国香港知名百货公司）去买一盒意大利的软芝士（Mascapone），选格尔巴尼（Galbani）牌子的好了。再到日本食品部买一罐海参肠盐渍的"酒盗"①，将二者混合，放在小饼干上面，送进口下酒，真如日本人说的，像酒被盗走了。

长条的羊芝士，吃上瘾的话愈臭愈好。闻不惯羊膻味的，可以烹调这种长条的芝士：买一盒日本味噌，挖一长方形的洞，将整块芝士塞进去，腌渍它 2 ~ 3 个星期，拿出来送酒。你会发现那么一大块芝士，可以被一下子吃光。

上次去俄罗斯莫斯科，在菜市场中看到俄罗斯人的泡菜，林林总总，多不胜数，也不一定用蔬菜泡，水果也能泡。他们只用盐水，自然能发

---

① "酒盗"指小菜十分下酒，酒被一口一口地喝干净，就像被盗走了一样。还有一种说法是，即使酒被盗走，人们也想就着小菜继续喝下去。——编者注

酵出酸味来；虽然不错，但单调了一点。我用酱油、鱼露来泡，如果不够酸甜，可加白醋和糖；也能加蚝油来泡，像我用醋和蚝油泡高丽菜，就和他们的完全不同。我们还可以向韩国人学习，他们在菜叶之中夹上鱼肠，我们可以用小只的生蚝代之。

总之，一让想象力奔放，又会进入另一个味觉世界。即使吃不到，想想也是开心的。

我喜欢的酱菜

你可以讨厌韩国泡菜（Kimchi）的味道，但不得不承认它很有个性，让人爱憎分明；而且影响世界，当今的食物研究者都知道它很有营养，对身体有益，而且能杀菌和预防疾病：当"非典"传染全球时，多数韩国人没事，可能与此有一定联系。

很好笑的是，你去韩国的中国餐馆，桌上也要奉送一碟韩国泡菜，他们似乎不可一日无此食。

Kimchi 过去一直没有汉字写法，当今韩国的收入很靠中国游客，有人觉得不为之取个中文名不可，就叫它"辛奇"。辛字念 Sin，怎么叫也叫不出一个 Kim 来，不知是以什么理由命名的。我自己很久以前就叫它"金渍"，韩国人姓金的也多，自认为很有道理。

我最爱吃韩国泡菜，当然不限于白菜、萝卜、青瓜等，什么蔬菜都可以酱之。泡菜也有干湿之分，浸在水中的泡菜种类极多，吃完菜就喝汁当汤。

榨菜是用大头菜腌制的，爽爽脆脆，带点辣，受世界各国人民喜爱；因为产自中国四川，干脆就叫它四川菜。中国台湾人也做，他们的不那么咸，加了点糖，也很美味。我家里做的，是把台湾的四川菜去掉皮，只取其心最软的部分切成丝，再和浸软后拆散的江珧柱一块用油炒了，放入冰箱，随时可食，是一道极美味的小菜，送粥送饭皆宜。

粤人喜用青红萝卜来煲牛腱汤，我家煮时下几片四川菜下去，便能把味道提起。我爱吃的上海油豆腐

（编者注：图中坛子上的繁体字从左至右、从上至下连起来为"我喜欢的酱菜"。）

粉丝，加点四川菜，令人印象尤深。

酱菜的原料，一定是由生产过剩时利用的，萝卜就是一个例子。走到日本乡下，就看到农夫们搭起了一个个木架，用来晒用盐腌制的萝卜，就那么简单。

复杂一点，就把萝卜放进木桶中，加盐之后，将一大块石头压在木桶盖上，泡渍一两个星期，就变成他们每一顿饭都必有的萝卜酱菜（Takuwan）。

说到最美味，还是一种将萝卜插到酒糟之中的泡菜，叫作"Bettara Tsuke"，甜而不腻，清爽得很。单单用这一味来下酒，我就满足了。

洋人最爱吃的酱橄榄，我并不十分欣赏，只爱嚼一嚼它，是喝干马天尼（Dry Martini）时，杯中放的那类带核又巨大的。在欧洲一些国家，包括希腊旅行时，我总在餐桌上看到一碟，有青绿的、青黑的，还有红的。等菜上桌，无聊时才吃它一两粒，每次吃完都后悔，觉得难以下咽。

德国人泡的包心菜（Sauerkraut）也同样难吃，但是那么大的一只咸猪手，非有一点菜来送不可，加了芥末，也还是吃得下去的。

热狗里面没有酱青瓜就不成样了，青瓜用盐水泡过，发酵之后酸酸的，也不是一种美味的东西。

我家自制泡菜时，我最拿手的还是大芥菜。去掉大芥菜的所有老瓣，只取其心，切成块状。用盐揉之去水，置于玻璃瓶里，加大蒜瓣、糖和一点辣椒，最后淋上鱼露，泡它一天就可以拿来吃。到了天气冷，芥菜肥时，我家的厨房就不断地有鱼露芥菜。送友人，也没有不称好的，记得许鞍华试过，相信她至今难忘吧。

潮州人的咸酸菜也是一绝，就那么送粥也行，做菜时可用猪肚来熬。

所有粗糙的海鲜，如魔鬼鱼、鲨鱼和海鳗等，与咸酸菜一煮，就能除掉腥味，非常好吃。

到了北京，我最爱吃的酱菜是芥末墩，这种菜一吃攻鼻，眼泪就流出来。当今普通的馆子做的，都难于下咽；你要吃的话，可到北京香港马会会所的面吧去，那里做的芥末墩一试就让人上瘾了。我试把这道黄色的泡菜转移到家里，用韩国辣酱泡成红色，用日本山葵渍至碧绿，红黄绿三色，芥末一样，但各种味道不同。

印度人的杧果酸辣酱，叫 Chutney，酸死人、辣死人、咸死人，但是非常开胃。到了印度餐厅，看到最先上桌的酱杧果，我必吃一点。当今这种文化已影响到英国，还有它的前殖民地，Chutney 这个名词已经可以代表所有被腌制得一塌糊涂的酱料，包括果酱。

我家的另一道泡菜，是用雪里蕻。买一大把雪里蕻回来，浸水。将之横切成细丝备用；另一边下油，爆大量的蒜头，再下泡过的虾米，加糖炒至闻到香味，这时就可以把雪里蕻放进去一块炒了。见太干，可添一点泡虾米的水，炒了又炒，就可上桌。这也是我最爱的。

生活在南洋的人，当然喜欢东南亚的泡菜，其中做得最精彩的是印度尼西亚的 Achar Achar，原料有青瓜、菠萝、葛根和青、红辣椒。用椰油、椰浆泡之，加糖和盐，吃时下大量的花生碎，这碟甜酸苦辣俱全的泡菜，百食不厌。各位去旅行，不妨试之，包管你们吃上瘾。

加多加多

加多加多（Gado Gado）和印度尼西亚语的"Champo Champo"一样，是混起来的意思。再没有比印度尼西亚的加多加多更容易做的菜了，今天它已流传到世界各地，每当人们想吃一道不同做法的沙拉时，就想起加多加多。很多人把所有能吃的生菜洗好，拌匀，淋上瓶装的花生酱，就以为做成了。

其实做正宗的加多加多还是有点规矩的，要先把黄瓜、豆角、番薯、高丽菜、豆芽、生菜等稍微烫熟，把方块的豆腐炸得皮有点焦，再切成小条或小块加进去。

重要的还是酱，得用小花生，将其烘焙到发香为止。将小花生去了衣，放进石臼中。这个臼在东南亚食材店有售，但真正印度尼西亚产的那根木槌，和其他国家的不同，头大尾尖，可用来舂，也能压磨。

花生不必舂成粉，要看到粒状，这时又加进柠檬叶、大蒜和红葱头。虾膏是不可缺少的，在火上烤香之后加入，还有糖和酱油。酱油是浓黑带甜的，印度尼西亚人叫作"Kecap Manis"，在印度尼西亚杂货店可以买到它。

最后，是加罗望子汁以增加酱的酸性，加指天椒来加辣。讲究的人，还加黄姜、月桂叶、红辣椒粉等香料。

一切舂后混之，就是正宗的叁巴酱（Sambal Kacang）了。有些人也用这个酱来蘸沙嗲或送椰浆饭。

加多加多的灵魂，是上桌之前再加的炸虾片（Krupuk）。这种炸虾片最考功夫，虾肉下得太少味道尽失，一口是糊，难吃得要命。到印度尼西亚杂货店去，买最贵的那种好了，店家一向对炸虾片很有研究，皆有些水平。

把炸虾片掰了，放在加多加多上面，大功告成。加多加多也能被当成热菜吃，是把蕹菜①和豆芽等灼熟制成的；也可把它当成凉菜，或是下午的点心。

要想单单吃这道菜就吃饱，那就要在加多加多里面加用香蕉叶包的"十五夜"了。也可以加一种印度尼西亚人爱吃的豆饼，叫丹贝（Tempeh）。它是用豆腐渣来发酵，然后以香蕉叶包扎的小食，有时还被染点红色，吃起来有肉味，故也以"爪哇肉"称之。

别偷懒，要做加多加多，就做像样的。

腌茶沙拉

缅甸的腌茶沙拉（Lephet Thoke）不只是一种名菜，也是一种生活方式。

无论什么时候，你到了缅甸人的餐厅或他们的家，一定有腌茶沙拉供应和待客。像印第安人一样，抽抽烟斗来表示和谈，缅甸人一齐吃腌

---

① 蕹菜也称空心菜。——编者注

茶沙拉。看电视没事做，也把它当成小食，或者宵夜。吃正餐时，家中无菜肴，煮一锅饭，他们就用腌茶来下饭。

传统上，腌茶沙拉应该用一个大漆盘来装，漆盘里面摆着大大小小6个漆碗。

漆碗之一：炸花生、炸葵花籽和炸蒜片。

漆碗之二：樱桃西红柿、指天椒、青棒（青鱼）片和热水泡过的虾米。

漆碗之三：炒过的芝麻、炸小江鱼、腌制过的冬笋丝和芫荽叶。

漆碗之四：3种或3种以上的豆类，如黄小豆、扁豆和炸过的绿豆片。

漆碗之五：珍珠茄子、腌黄瓜、腌茶花和煮熟的迷你粟米。

漆碗之六：放的是最重要的食材——腌茶叶。通常这一个小漆碗有个盖子，其他的不用盖子。

腌茶叶可以在商店中买到，有各式各样的，看你的喜好。缅甸人也会自制腌茶，就是把新鲜的茶叶采下，蒸它一蒸，揉上点盐，然后放进陶钵中让它发酵。这一发酵，至少要6个月才能完成。

为了追求腌茶味道的变化，有些人还把茶塞进竹管中发酵，这一来又加上一点竹的味道，总之变化多端，看你的喜恶。

吃时，只用左手的拇指、食指和中指，其他手指在礼貌上是不许使用的。

漆盘的旁边，一定要有一个水钵，用来洗手。

到了缅甸，不得不试此菜，能吃辣的话摘下一颗指天椒和其他食物一齐吃进口。就算不能吃辣，至少也得用大蒜片佐之，这样一来，腌茶的味道才能发挥得淋漓尽致。

蔬菜杂烩

蔬菜杂烩（Ratatouille）是把夏天的蔬菜混在一起，用慢火煮成的。菜名是从 Touiller 演变出来的，意思是扔掉的菜。它应该是从法国南部的尼斯传来的，全名叫"Ratatouille Nicoise"。

以鼠（Rat）起头，以 Ratatouille 为名的动画片的译名为《五星级大鼠》或《料理鼠王》[①]。但片中对煮这道菜的介绍并不详尽，下面从材料开始谈起。

橄榄油、茄子、意大利节瓜（Zucchini）、红与绿的灯笼椒、洋葱、大蒜、鲜西红柿和罐头西红柿。

香料用普罗旺斯的香草束。把迷迭香、百里香、罗勒、长葱、月桂叶束在一起即可。

一共享两个锅子：大锅中下橄榄油，煎大蒜和洋葱，放入香草束拌炒，记得用慢火。

茄子、意大利节瓜切片、红绿灯笼椒切块，再用慢火炒，这时可把罐头西红柿连汁倒进去，又烧又炖又焖地煮个十几二十分钟。等蔬菜变软，煮出来大量的汁，再慢火收干，将香草束丢掉。

搬进小锅中再煮，将大块的菜煮至够烂。锅里剩下的小块菜用搅拌机打碎，以慢火煮成浓汁，再淋在大块蔬菜上，大功告成。

---

① 该动画片又名《美食总动员》（*Ratatouille*），由皮克斯动画工作室制作。中国香港将片名译为《五星级大鼠》，中国台湾将其译为《料理鼠王》。——编者注

　　但是这只是餐厅的做法，它原本是穷困农民煮的一种菜，他们有什么加什么，因为没有肉类来提升味道，只能把蔬菜煮了又煮，到最后煮出甜味；根本就是用一个大锅，将全部蔬菜放进去煮罢了。

　　后人煮此菜，在材料中也加了松子之类。反正各师各法，每家都不同，有的担心只用蔬菜不够甜，加了鸡汤。还有一些人，干脆下糖。

　　上述的材料之中，茄子是最难煮软的，所以人们最好事前另作处理：将茄子切片后，涂上橄榄油，放进焗炉中焗至略焦，再拿来和其他菜煮，这是大厨的秘诀。

　　还有，茄子一遇空气，久了便氧化，会变黑，故在煮之前才切片为妙。

　　上桌前，可加上几片洋薄荷。

　　和这道菜很相似的，一样以茄子为主的菜有菲律宾的"Pinakbet"、西班牙的"Pisto"、匈牙利的"Lelsó"和希腊的"Briam"。

芝士锅

　　用一口锅，把芝士溶在里面，加酒。把面包切成方块，叉起，蘸芝士浆来吃，就是瑞士芝士锅的基本做法，它并非一种很复杂的烹调。

　　说到正宗和传统的味道，当然要从芝士的种类入手。原则上，要用两种芝士配合，那就是格鲁耶尔芝士（Gruyere Cheese）和埃曼塔芝士（Emmenthaler Cheese）。

各取一大块，可以手抓住的尺寸，放在削器上擦，刨出一丝丝的芝士，这是主要的原料。另外加带甜的雷司令（Riesling）白酒、樱桃白兰地（Kirsh），最后撒上豆蔻粉和红辣椒粉，其他一概不用，就是那么简单了。

锅子叫作"Caquelon"，下面用煤油生火。当今的锅子都用不锈钢或不黏底的化学物了，古时候是用陶器，后也有用瓷的。用什么锅子皆可，但记得第一件事就是剥大蒜瓣，用它来涂一涂锅子的壁，锅才不容易被黏焦。

这一个步骤完成后，就可以把白酒倒入并加热；但不可热到滚，见发小泡，即加入芝士碎，最好是一面刨一面化。

浆太稀，就多刨一点芝士；浆太稠，就多下白酒。最后加樱桃烈酒，才够味。

另一厢，把面包切成方块，但每一块都要带面包皮，这样一来才容易用叉子叉起。将面包切成一大篮，摆着备用。

单把面包蘸芝士吃太过单调，其他任何食材都能加进去，像鱼呀，肉呀，鸡呀，还有人把苹果和梨也切成方块蘸芝士。

吃时讲点礼节，那就是不把沾浆的叉子直接送进口，第一不是很卫生，第二会烫伤你的唇。面包沾了芝士，用放在你面前的那另一根叉子食之。

嫌传统的那两种芝士太过单调的话，也可用意大利帕玛森芝士来起变化。也有人加一些金不换叶子。

另外的变化来自酒，可以用香槟来代替白酒。也有人加红酒，令芝士变成粉红色。但是用樱桃或其他水果蒸馏了又蒸馏的烈酒是不变的，没有这些水果白兰地，芝士锅是做不成的。

　　嗜酒的老饕，还有一种吃法，是先把面包块浸了果子烈酒，再拿去蘸芝士浆。你在瑞士那么吃，周围的同好会点头赞许。

　　最后，锅底的芝士焦，是最好吃的部分，有点像猪油渣，自己刮很困难，可请侍者代劳。如果你吃上瘾，那么就要叫另一道瑞士名菜——煎刮芝士（Raclette）了。

煎刮芝士

　　煎刮芝士（Raclette）是瑞士芝士的一种名称，也是一道代表性的瑞士名菜。

　　为什么叫煎刮？这道菜本身是由芝士煎成的，而"Raclette"这个词，是由法文的"Racler"演变出来的，原意为"刮"。

　　一般人吃芝士火锅，到了最后，总爱刮黏住锅底的那层芝士焦来吃，觉得味道已经不像芝士，而似煎过的培根肥肉，香香脆脆的，十分美味。

　　但是那么少的分量是不够的，结果人们就发明了煎刮芝士，特地把芝士煎成薄片，专门吃它。在传统的瑞士餐厅中，是一片煎了又一片，客人只要点一人份，就可以吃到过瘾为止。

　　Raclette芝士本身并不是很硬，容易化开，味道带咸。当今可以在百货公司买到一个专门做煎刮芝士的鼎。鼎由数个三角形的容器组成，一下子就能煎出几片来，但是瑞士人总认为这是邪道，比不上一片片来煎那么地道，只有开在外国的瑞士餐厅才肯用之。

做法再简单不过，在此一一详述，但传统上，把煎刮芝士放入碟之后，着重的是配菜：有煮熟后剥皮的小薯仔，圆圆的一粒粒，像中国的鱼丸。

其他还有用醋和糖腌制的小洋葱。有些人也配腌青瓜食之，但正统做法是不加的，后来随意配上的灯笼椒、西红柿、蘑菇之类，也属多余。

上桌前，会在芝士上面撒些红辣椒粉或胡椒粉罢了。

这道菜也不一定被作为正餐，可以被当成下午茶的一部分，配以瑞士芬丹（Fendant）白酒或红茶，咖啡则不适宜。

在瑞士的各滑雪场的餐厅中，这道菜很流行，也的确好吃，就算吃不惯瑞士菜的人也爱之，只要不觉得芝士的味道古怪即可。

吃惯了牛奶芝士，有些人愈来愈喜欢浓厚的味道，就用羊奶芝士来代替了。如果吃斋的话，那么煎刮芝士就变成了肉的代用品，更受素食者欢迎。

意大利的撒丁岛上，流行吃带蛆虫的芝士，把它拿来做煎刮芝士，味道应该也不错吧。

失传菜：镬底烧肉

餐厅的烧猪愈来愈难吃，连皮都不脆了。

别叹息！如果你在餐厅里吃不到理想的烧猪，可以自己做！

自己做？别开玩笑吧！你一定会这么说，但是的确能做到。而且没有什么难度，几十年前已有文字记载。我们和"镛记"的老板甘健成兄合作，将"特级校对"陈梦因先生所著的《食经》中的许多菜谱重现，"镬底烧肉"就是其中之一。

用一个最原始的"生铁"镬，待其烧红，往镬底薄薄地涂一层油。另一边厢，把米浸好，捞起备用。同时取有皮猪肚腩一块，洗净，用淮盐、酱油和蜜糖腌一两小时。风干之后上针，所谓上针是用多排的尖钉插在皮上，这样一来才可以烧出发泡的脆皮来。

把那块四方的肉放进生铁镬底，皮朝下。接着这个步骤最重要，是拿一个大碗盖住肉，然后将白米封住整个碗。

最后，把已炊成饭的白米拨开，露出碗来，大力一翻，就看见整块烧得脆啪啪的、香喷喷的烧肉了。

时间多久，全凭经验，因为不知你家中的火有多猛、肉有多重、镬有多大。烧焦一两次，你就成为私家烧肉的高手了。

用铁镬来做烧肉，很多人不只没有吃过，连听都没听过。烧出来的肉美味，镬里炊出来的饭更香，吸了烧肉的味道和流出来的猪油，再淋上高级老抽，可供人吃三大碗。

陈梦因先生的《食经》在中国香港已重新出版，各大书局均有售，里面收集了宝贵的资料。鱼翅和鲍鱼的做法当然有详细的记载，但平民化食材制造出来的才更珍贵，我们重现的十几道菜，都是便宜东西，要求的，是功夫罢了。

就因为当今的人不肯花功夫，一翻书，失传的菜式纷纷出现，像"酿炸蛋"这一道，名字有个炸字，但不是炸，而是蒸出来的。

先把鸡蛋浸水，用粗针在蛋尖插几个孔，再用利剪剪成一个洞，愈小愈好。这时先摇动蛋，让蛋白流出来，然后取出蛋黄，蛋黄是弃之不用的。

把半肥瘦的猪肉剁碎，加入火腿细粒、麻油和细盐，混入蛋清，再慢慢地装回蛋壳里面，这时就可以再次摇动蛋，将肉碎摇成团。

蛋摆好，入炉蒸之，取出。吃时敲开蛋壳，露出雪白的蛋，再切半。一看，代替蛋黄的，是一团狮子头似的肉。我每次都请世界各地名厨做一个蛋的菜，很少看到像这样一个突出的蛋。

剩下来的肉碎，可以用来酿食物、酿青椒、酿豆腐等，不过这些都太平凡，酿荷兰豆就很稀奇。依书中的说法，我们把荷兰豆的丝剥掉，在背部削了一刀，把肉碎酿了进去，再拿去煎，秘诀在于要留着豆荚中的豆仁，吃起来才有豆味。

简简单单一个"煮虾脑"也没人做了。其实只是废物利用，把虾头用布包起，以刀背又敲又剁，再挤出汁来。当今不用古法，用搅拌机来节省时间也没人骂你。流出来的虾脑汁拿去炒笋片和火腿片，最后把剩下来的汁煮到收缩成浓浆，再淋在笋上，比下什么蚝油更高超。

我一直想揭开香港"镛记"一碗红豆沙卖500元的谜，这个价格早在20世纪70年代出现，当年的500元，最少是当今的2000元。

甘健成笑了几声后，带我到他们的仓库去看，架上一袋袋的陈皮，依年份排列，从1970年到2006年。

"为什么没有 2007 年和 2008 年的？"我问。

"新会的农地，已变成住宅，再也不种橙了。"健成兄摇头叹息。

原来真正的陈皮，只能用新会的，而且要放 20 年，才拿出来卖，如果写着 1970 年，那么这陈皮已是 1950 年开始晒的。

"镛记"当今卖的红豆沙，只是 22 元一碗，用的都是 20 世纪八九十年代的陈皮。健成兄还拿出一罐不知年份的出来给我一闻，真是香气扑鼻，但如今已不卖了。

"如果用这种陈皮，那么一碗卖几千元也不出奇。"健成兄说，"如果我把这罐东西拿去拍卖，赚得更多。"

煮红豆沙的秘诀，还是要用一斤豆、八斤水来滚。将一半红豆磨成沙，另一半保留，才有咬头，才更有豆香。另外，不可加粉，但怎么能有糊状呢？加一把白米进去煮呀，米溶了看不见，就有糊状了。

菜失传，是因为功夫花得多，食材本身又便宜，卖不上价钱，而且师傅的薪水又是那么高！

"卖贵一点吧，巴黎的餐厅都这样。"Amanda 天真地说。

一点也不错。要吃，就得付钱。失传菜，有没有生存空间，全看食客的知识水平够不够了。

咸猪手

猪手（Pig's Knuckle）腌咸后做成的菜，通称咸猪手（Schweinshaxe），是德国的一道代表菜。其他名字还有 Hachse、Stelze、Haxe、Hammche、Botel、Knochla 和 Gnagi，你在外国餐厅看到以上的名字，都是咸猪手。

最普通的做法是把猪手用大量的粗盐腌一两天，洗净盐，放进一个大锅中。其他配料有红萝卜、洋葱、长葱、西芹等，倒水至盖住诸物，就可以煮 2 ~ 3 小时。

取出猪手，放入烤炉，温度定在 220 摄氏度，烤个 30 分钟。过干的话，用啤酒淋之，最后涂上点孜然。

汤锅的剩菜放在碟边，汤汁用另一个锅煮稠。收火，上桌时将汤汁淋在咸猪手上，大功告成。

在德国吃咸猪手，不可缺少的是酸菜（Sauerkraut）了。家庭主妇都自己制作，市场上也有大把现成货买得到。做法简单，把高丽菜切丝，揉上盐，放入一个大容器，以重石压之。

放置 5 ~ 6 个星期，待菜丝发酵，倒掉盐水，就可以吃了。有些人吃上瘾，就把酸菜做成汤、饼或沙拉。但配合得最好的还是咸猪手，或者将酸菜用来煮猪肉的任何部分，都是佳肴。

根据德国老饕的说法，猪手是不可以煮的，只能烤。先将烤炉温度设定于 200 摄氏度，在猪手皮上切几刀，切出花纹；再涂上猪油，放入烤炉，烤至表面金黄。然后将丁香、月桂叶、葛缕子等香料掺入草莓酱涂之。若太干，就以啤酒淋上再烤，约烤一小时，即完成。

取焗炉盘中的汁，加黄芥末，伴以酸菜，这才是一道最正宗的咸猪手。

有兴趣学做的话，不妨试试，要不然就到欧美的各西餐厅点此道菜。说到最后，猪肉还是东方人最喜爱的，它又不像牛扒、猪扒和羊扒那么硬，吃起来接近我们的红烧元蹄，是一道名副其实的国际名菜。

骨髓：肥膏入口，仙人食物也

骨髓精髓

骨髓，是动物之中最好吃的部分之一，它口感软滑，味道甜美。从骨管中吸噬出来的，是满口的香浆，仙人的食物也。但是，当今的人，一看白色的东西，再将其和头脑连接起来，便以为是一百巴仙的胆固醇。可怜的骨髓，便从此在菜单中消失了。在古老的茶楼中，偶尔能找到蒸骨髓这道点心，用的是猪的背脊髓，质地较硬，也不太香，味道并不十分好。美妙的骨髓，是躲在大腿骨里面的，菜市中肉贩摊子也罕见，家庭主妇更不懂得怎么找。

最常见的猪骨髓，是在所谓的猪骨煲中发现。这道猪骨煲从吃火锅发展出来，把熬过的猪骨再放进火锅中去煮。大部分的肉已削掉，剩下一点点肉给客人去啃。骨管里面有骨髓，但黏住了，用嘴吸不出，侍者供应一根吸汽水用的塑料管，才能应付。

有时客人还大力地把骨管往桌面上敲，看看骨髓流不流出来，让我想起南洋的印度人，他们把羊肉炆熟后，刮下肉来，剩下一管管的羊大腿骨，用红色的咖喱酱汁炒它一炒，一大碟上桌，客人吸不到骨髓时就往桌上敲，发出笃笃的声音。这道菜，就叫笃笃了。

西方早有吃骨髓的记载，但东方人吃骨体的文化不进步，我曾经在欧洲的古董店中找到一根小巧的银匙，只有普通匙子一半大，打上了"一八二一"的年号和制造商的罗马字，就是专门用来挖骨髓吃的工具。

欧洲人吃的，只是牛髓，英国的伊莎贝拉·比顿夫人（Mrs. Isabella Beeton）在 1864 年的菜谱中有如下记载。

用　　料：骨、小面团、布。

方　　法：把骨头锯成长条，双端用面粉和水捏成块状封之，然后用布包扎数根骨，直竖着摆进锅中，水要盖住骨顶，煮 2 小时，拆除布，就能上桌。点烘过的面包吃，有人把骨髓挖出，涂在面包上，撒盐和胡椒，但动作要快，冷了就不好吃了。

注意事项：用上述方法煮了，再放进焗炉去烘两小时，亦可。

有一个叫肯尼斯·罗伯茨（Kenneth Roberts）的美国人，在 1995 年的一篇小品文中写道：依比顿夫人的方法去做，结果只剩下骨筒，里面的骨髓全部溶在水中，变成一摊油。

罗伯茨再翻很多烹调书，又努力地尝试，结果又是一摊油，令他气馁。最后他把所有菜谱都丢掉，自己发明了一套骨髓的做法。

把牛骨的双端锯掉，剩下三四英寸长的管筒，头尾用布包住，往猛滚的水中放下，煮个 10 分钟，即捞起，拆开布，撒上盐和胡椒，就能吃到完美的骨髓了。

原来，只要把烹调的时间缩短就是。

罗伯茨还进一步自创骨髓食谱：按上述方法，煮个 10 分钟，挖出骨髓。把大蒜剁碎，加入大量的软芝士和少许腌制过的小咸鱼，和骨髓均匀地混在一起之后，放进冰箱，让它凝固。切成薄薄的方块，铺在烤面包上、当成送鸡尾酒的小点，非常受欢迎。

做法没错，但是比顿夫人的那一套也是有道理的，煮个两小时，令汤更甜，至于她的骨髓为什么没有溶掉，这是罗伯茨和我都还没有研究出来的。

今年去了匈牙利，有一道汤菜，也是用骨头来煮的。上桌时，骨头排在碟中，客人就那么吸噬或者挖出来涂面包。另一碟是骨头熬出来的汤，下了大量的红萝卜和椰菜，更甜，把骨边的肉刮出来，剁碎，混入面包糠，做成像狮子头的圆球，和汤一起滚，非常美味。

单单是骨髓、汤和肉球，就是丰富的一餐了。这家人的做法，绝对不是罗伯茨所说，用短时间来煮骨髓，一定有它的秘诀，可惜吃的时候想不到，没去问大厨，下回去布达佩斯，一定要请教请教。

意大利名菜的烩小牛膝（Osso Buco），用仔牛大腿肉红烧而成，灵魂也在于挖骨髓来吃。厨子做得不好，让骨髓流失，剩下两管空的骨筒的情形也发生过，那么吃这道菜就完全失去意义了。

美国人吃牛扒，把肉煎或烤了，旁边加一堆薯仔蓉，就那么锯而食之，乏味得很。法国南部就不同，他们做牛扒，也不必先问你要多少分熟，总之弄得恰到好处就是。肉的旁边，乍见之下，有个小杯。其实那不是杯，而是在骨节处锯平、下面有强固的组织，不会漏掉骨髓，在上面露出骨髓的那端撒上些盐，焗一焗。客人一面吃牛扒一面吃骨髓，比美国人有文化得多。

用这个方法，我到九龙城菜市，向牛肉贩要了两条牛大骨，拿去邻档卖冻肉的，请他们用电锯替我锯出四个杯状的骨头来。回家，把骨头摆在碟上，舀一汤匙咸鱼酱，淋在骨髓上。放进微波炉，以最高热度叮个三五分钟，香喷喷的焗骨髓即能上桌。拿出那把古董银匙，挖出来吃，送白饭三大碗，一乐也。

赞美骨髓

小时候吃海南鸡饭，一碟之中，最好吃的部分并非鸡腿，而是斩断了骨头中的骨髓，颜色鲜红。吸啜之下，一小股美味的肥膏入口，仙人食物也。

当今的海南鸡饭，皆是去骨的。无他，骨髓已变得漆黑，别说胆固醇了，颜色已让人反胃。现宰的鸡，与冷藏的相比，最大的不同就是骨髓变黑，一眼就可以分辨出来。

骨髓的营养成分，包括脂肪、铁质、磷和维生素 A，还有微量的烟碱硫胺和烟碱素，它们都是对人体有益的。在早年，一剂最古老的英国药方，是用骨髓加了番红花打匀，打到像牛油那样澄黄，将其给营养不良的小孩吃。

在当今营养过剩的年代，一听到骨髓，很多人就大叫："胆固醇！"因为害怕，没人敢去碰。好在有些肉贩会免费送骨头和骨髓，让老饕得益。

凡是熬汤，少了骨头味道就不那么甜，味精除了用海藻制造的，就是由骨头提炼出来的。

有次我去匈牙利，喝到了最鲜美的汤，它是用大量的牛腿骨和肉煮出的。肉被剁成丸，加了高丽菜。以两个碟子上桌，一碟肉丸和蔬菜，一碟全是骨头。

骨头有七八管左右吧，抓起一根就那么吸，满嘴的骨髓。一连多根骨，吃个过瘾，怕什么胆固醇？

有些骨髓在骨头深处的吸不出，餐厅供应了一把特制的银匙，可以仔细挖出。这种匙子分长短两把，配合骨头的长度，被做得非常精美，可在古董店买到。当今已变为收藏品，有拍卖价值。

英国名店 ST. JOHN 的招牌菜，就是烤骨髓（Roasted Bone Marrow）。做法是这样的：先把牛大腿骨斩断，用水泡个 12 ～ 24 小时，加盐，其间换水 4 ～ 6 次，以完全清除血液。

食客将烤炉温度调到 230 摄氏度，把骨头的水分烤干，打直排在碟中，再烤个 15 ～ 25 分钟，即成。

起初制作，也许会弄到骨髓完全跑掉，全碟是油，但做几次就上手。再怕做不好，入烤箱之前用面包糠把骨管塞住，骨髓便不会流出来。

如果没有烤箱，另一种做法是用滚水制作，煮个 15 分钟即成，但较容易失败。

骨髓太腻，要用西洋芫荽中和。芫荽沙拉是用扁叶芫荽，加芹菜、西洋小红葱，淋橄榄油、海盐和胡椒拌成的，做法甚简单。

把骨髓挖出来，和沙拉一齐吃；或者将骨髓涂在烤面包上面，我建议就那么吞进肚中，除了盐，什么都不加。

在法国普罗旺斯吃牛扒，也不像美国人吃的那么没有文化。法国人的牛扒薄薄一片，其上淋上各种酱汁。牛扒旁边有烤热的骨髓，吃一口肉，一口骨髓，才没那么单调。

意大利的名菜叫"Osso Buco"，前者是骨，后者是洞，一定带有骨髓。最经典的是用茴香叶和血橙酱来制作。制法是先把小牛的大腿斩下最肥大的那块来，用绳子绑住，加茴香叶和刨下橙皮，放进烤箱烤 45 分钟。如果怕骨髓流走，可以在骨头下部塞一点剁碎的茴香叶。

羊的骨髓，味道更为细腻，带着羊肉独特的香气。最好是取羊颈。将羊颈斩成 8 块，加洋葱、高丽菜或其他香草，撒上海盐，烤也行，焗也行。羊颈肉最柔软，骨髓的味道更是一绝。一样用羊颈，加上盐渍的小江鱼（Ahchovies）来烹调，更是惹味。这和中国人的概念："羊"加"鱼"得一个"鲜"，是异曲同工的。

印度人做羊骨髓，是把整条羊腿熬了汤，用刀把肉刮下，剩下的骨头和骨边的肉拿去炒咖喱。咖喱是红色的，人们吸啜骨髓时常吮得嘴边通红，像个吸血鬼。这种煮法在印度已难找，新加坡卖羊肉汤的小贩会做给你吃。

猪骨髓也好吃，但没有猪脑那么美味。点心之中，有牛骨髓或猪骨髓的做法，用豆豉蒸熟来吃，但总不及猪骨汤的骨髓。你可以把骨头熬成浓汤，最后用吸管吸出脊椎骨中的髓。

鱼头中的鱼云和那啫喱状的部分，都应该属于骨髓的一部分，洋人都不懂其味，整个鱼头扔之。鱼死了不会摇头，但我们看到摇个不已。大鱼，如金枪，骨髓就很多，日本人不欣赏，中国台湾南部的东巷地方，餐厅里有一道鱼骨髓汤，是用当归炖出来的。嚼脊椎旁的软骨，吸骨中的髓，美味非凡。

家中请客时，饭前的下酒菜，若用橄榄、薯仔片或花生，就非常单调，没有什么想象力。有什么比烤骨髓送酒更好的？做法很简单，到你相熟的冻肉店，把所有的牛腿骨都买下，只用关节处的头尾，一根骨锯两端，像两个杯子，关节处的骨头变成了杯底。这样一来，骨髓一定不会流走。把骨杯整齐地排列在大碟中，撒上海盐，放进微波炉叮一叮。最多三五分钟，一定焗得熟透。拿出来用古董银匙奉客，大家都会赞美你是位一流的主人。

和牛吃法

日本牛肉，通称为和牛。几十年前，倪匡兄住铜锣湾的时候，他家附近有一间叫"Maguro屋"的日本料理店。我们常去吃刺身与和牛，应该算是吃日本菜的先驱之一，有点资格谈谈和牛。

日本人学会吃牛肉，只有短短的两百年左右，之前他们吃的尽是鱼罢了。养牛的历史更是不长，但是他们有精益求精的精神，终于饲出优良的品种，让牛的脂肪渗入肉，形成红白大理石般的花纹，故亦称之为雪花牛肉。传说中，养牛的技巧是要给牛喝啤酒、做按摩和听莫扎特的音乐。我有一个朋友叫蕨野，在三田地区养牛。我特地跑去他的农场参观，并问他给牛喝啤酒、按摩和听音乐是不是真的。

"真的，"他回答得肯定，"如果有电视台来拍摄过程的话，就是真的；没有电视台来拍，啤酒当然是我自己喝了。"

那么要达成什么条件，肉质才是优秀的呢？这要看牛的祖宗三代是否优良。每一头牛，一生下来就要给它们打印。印的不是指纹，而是鼻纹，因为每一头牛的鼻纹都是不一样的。

这张纸等于人类的出生证明书，但不只是写着父母，还要写祖父、

祖母，曾祖父、曾祖母的牛名。如果这些牛都得过奖的话，那就表示种好，你放心去吃即可。

　　每年的比赛在神户举行，由这个城市附近的农场主人把牛带到会场，让评判员选出最佳牛只来，而得奖最多的地区是一个叫三田的乡下，所以三田牛特别好吃，我将它和松阪、近江等名产区的牛比较一下，也觉得的确是三田牛最佳。

那么好的牛肉，给餐厅一煮，不达到自己的要求，就坏了。所以吃三田牛，最好由自己来烧烤，用一个炉，要几成熟就烧几成熟，一块300克的肉，切为长条的六七条，先试烤一条，再慢慢调整好了。

300克有多少？手掌般大罢了。起先一看，以为说什么都吃得下；但是怎么努力吃，也要留下几条肉，皆因为太肥了。

是的，太肥，变成和牛的评语。有些人还说和牛肉质太软，没有大洋洲牛的咬头。另一群人则说：它没有美国牛肉那么香。

我听了都一笑置之，为什么要比较呢？你喜欢吃美国牛就去吃美国牛，大洋洲牛就大洋洲牛，骂别人的不好干什么？

锄烧（Sukiyaki）①是日本最传统的吃法，据说当年农场杀了牛，还没有发明出煮牛的锅，就将牛放在锄头那块铁上烧了吃，也因此有了锄烧。我们吃锄烧，多数觉得太甜，因为日本人喜欢下大量的糖。这时，你可以请侍者用日本米酒来代替清水，糖分减半即可，锄烧还是好吃的。

Shabu-Shabu 等于我们的涮，Shabu 一下就是涮一下，然后将肉蘸着酱料吃。酱料通常是芝麻酱或者酸醋酱，这些我都不喜欢。用酱油蘸之，才更觉得肉香。

铁板烧是在第二次世界大战后才发明的，我最反对所谓的薄烧，它是把一薄片牛肉包着葱蒜来吃的，这种吃法简直吃不到牛味，暴殄天物。铁板烧一定要厚烧，把一大块牛肉切成邮票般大的方块，吃了才感

① 锄烧也称寿喜烧。——编者注

觉满足。更要记得的是，吃牛肉之前别吃什么鱼虾之类，不然会吃得半饱，破坏味觉。吃牛肉就吃牛肉，一定要吃饱；不饱的话，可以来碗炒饭。

当然，最佳吃法还是炭烧了。用备长炭，因为它的火量稳定，又不会爆出火花。其实炭烧这种吃法是从韩国烤牛肉演变出来的。

针对中国香港人认为的和牛太肥，可以用日本九州岛人的吃法，那就是蒸了。

凡是有电炉、炭炉的地方都可以蒸，只要把做锄铁的铁锅装进水，让它滚出蒸气来就是。

上面放的是一个四方形的大木盒，中间有一个气孔，让蒸气通到再上一层去。第二个四方形的大木盒放在第一个之上，底部是竹箩，接受第一个木盒传上来的热气。

好了，在竹箩上面铺大量的豆芽和高丽菜丝，也加了一些红萝卜当点缀，接着才把中国香港人认为过肥的和牛铺在蔬菜上面，最后上盖。

只要蒸个 10～15 分钟，一打开木盖，就能闻到牛肉的香味。它的脂肪，已被蔬菜吸去；有多余的，则由那个气孔流到最下面的那锅水中。

点沙拉酱吃菜，芝麻酱吃肉，也可以用吃炸猪扒的甜酱佐之。不然的话，也可以来点最原始的酱油，最为美味。

鞑靼牛扒

鞑靼人以勇悍善战著名。他们出战时不分昼夜行军，亦无时间煮食，便将牛肉或马肉放在马鞍下面，靠骑驶时压碎生吃。故今生吃牛扒，叫作鞑靼牛扒（Steak Tartare）。

法国人特别爱吃这道菜，Tartare 一词也出自法文的拼法。但当今高级西餐店都有这一道，已成为国际名菜，不属于法国专有。

在法国家庭，母亲选了一块精肉，放入搅拌器切碎；加大量大蒜，下橄榄油、盐和胡椒，就那么吃之，没有花巧。于餐厅进食，则由厨子在你的座位旁调好味上桌。

其他国家的西餐店中吃鞑靼牛扒，是有个仪式的：师傅推了一辆车到客人面前，用个调拌沙拉的大木锅，放牛肉进去，再加各种调味品，拌完用一小匙让客人试味，不够时再任意添加，直到满意为止，但牛肉是事前搅碎的。

最主要的佐料是洋葱，然后有西洋长葱、芫荽、咸小豆（Capers）、西洋小咸鱼（Anchovies）等，都已切碎备用。

调味品则有基本的盐、橄榄油、柠檬汁、伍斯特沙司（Worcestershire Sauce）、第戎（Dijon）芥末、辣椒仔（Tabasco）辣椒酱。胡椒用黑的，要现磨现下。

将上述佐料和调味品加入生肉，拌之。有些师傅会替你加一个生蛋黄；有些把那团生牛肉用汤匙压出一个凹形，放生蛋黄进去，让客人自己拌来吃。

牛肉要用最新鲜、最高质量的牛里脊肉（Sirloin 或 Tenderloin）部分。熟牛扒可带一点肥肉，但做起鞑靼牛扒来，一定要把所有肥的部分去得干干净净才行。

最高级的餐厅不用绞肉机，而是选择手切，这当然是考师傅的功力了。刀、砧板，都得一尘不染；一带细菌，可不是闹着玩的。

法国人不懂，认为有大蒜杀菌，怎么做都行，从小吃到大没什么问题。我们这些不习惯的外国人可有麻烦。

同样的佐料和调味品，也可以用生的羊肉来做，但要高手做才行，不然膻味太重。

鞑靼牛扒分量大时，可被作为主菜。但将它一分为二或四，就能当前菜来送酒了。

生蚝牛扒

这一道澳大利亚悉尼在 20 世纪 50 年代流行的菜，有人却连名字也没听过。在澳大利亚旅行时，如果餐厅菜单上有叫生蚝牛扒（Carpetbag Steak）的，那么我就要点来试试。

做法简单，取一块菲力（Fillet），或上等的无骨嫩牛肉片（Fillet Mignon），在两边各切深深的一道，然后把生蚝塞进去，用绳子封口，再拿去煎熟，就大功告成了。

喜恶是分明的，爱上这道菜之后，常会想念；但一般人会皱起眉头："生蚝和牛肉一起煎？"

但是，海产和肉的配合是完美的，就像鱼和羊字加起来成一个鲜字。生蚝牛扒的确很美味，如果不能接受，则可用蘑菇或洋葱代替生蚝，做法千变万化，全凭大厨的想象力。连鱼、虾甚至吉品干鲍或海参鱼翅都可以塞进日本牛扒里。要吃得奢华，用白松露、黑松露或鱼子酱都行。

牛扒准备好后，洗净生蚝，浸水，捞出用纸吸干，留下剩下的蚝水。生蚝可用喼汁①来腌，通常是用伍斯特沙司。当今亚洲菜已融入澳大利亚的生活，许多大厨都用蚝油来代替喼汁了。

生蚝被塞入牛扒后，有人用铁绳将之捆起，有人用牙签封住，但最佳做法还是以长条的培根、肥肉来捆扎，滋味更上一层。

讲究一点的人用洋葱、西芹、长葱、大蒜、月桂叶去腌制牛扒，也可以把面包糠和生蚝混合去酿。

上桌时，通常碟边伴着的是烤熟的小粒薯仔，澳大利亚料理对伴菜没有花什么心思。

虽然澳大利亚人以此菜为荣，但是考据起来，这种做法应该是来自美国的，美国菜谱早就用生蚝和牛肉丁做馅饼了。

从菜名的由来也可以看出与美国人有关，"Carpetbag"指一个用旧地毯做成的手袋。美国南北战争之后，北方一群政客来到南部占地皮，跟着他们的一群投机分子，手上也都提着地毯做的皮袋。南方人厌之，称他们为"地毯袋乞丐"（Carpetbagger）。这皮袋和牛扒形状一样，故此菜也被人叫作地毯袋乞丐牛扒（Carpetbagger Steak）。

---

① 喼汁是一种起源于英国的调味料，又称辣酱油、英国黑醋或伍斯特沙司。——编者注

蒸肋骨

　　韩国的宫廷料理，至今民间受大众欢迎的蒸肋骨（Karubi-Chim），具有代表性，也被世界老饕认为是韩国菜中最好吃的一道。

　　Karubi 指的是肋骨中带肉的部分，也指带筋的部分，有如粤人叫的"坑腩"。但中国人做牛排骨一向不带骨，认为骨头有毒；韩国人则视为珍品，觉得如果不带细骨的话，就没那么珍贵了。

　　至于 Chim，汉字应写为蒸，不过并不一定代表蒸。蒸肋骨其实是煮出来的。外国人以为不过是红烧罢了，真正地道的韩国做法是大有学问的。

　　用料包括带骨的牛肋，和带筋的肉、白萝卜、红萝卜、香菇、栗子、银杏、鸡蛋、长葱，大蒜、洋葱和红辣椒。

　　调味品有清酒、酱油、糖、长葱蓉、洋葱蓉、蒜蓉、胡椒、磨碎的芝麻和麻油。

　　把牛肋和牛筋切成半张名片般大，浸水一晚，去血。

　　加长葱、洋葱、大蒜和肉一块煮 20 分钟，取出。肉块冲水，除去肥膏。用刀将肉横纵割一割，以令肉质更快溶烂，以及令酱汁容易渗入肉中。煮剩的汤汁待冷，去掉浮在汤面的油粒之后备用。

　　香菇浸水还原，去蒂，在菇的表面画上十字形花纹。栗子太大的话可以切半。

　　大锅中放入肉块和一半的调味品，加水盖至肉顶，强火煮之。待汤汁剩半，转弱火，加入另一半的调味品再煮。把汤汁倒入另一锅，加水，煮白萝卜、红萝卜、栗子和冬菇煮至软熟，再和肉一起焖 30 分钟。

上桌前，把鸡蛋的黄和白隔开，分别煎；将它们切成菱形，红辣椒也切成菱形，以黄、红、白，三色点缀，铺至肉上，大功告成。

有些人将酱汁煮得很干，这是一种吃法。多数吃法是留点汤汁，将它盛在大瓷碗或小铜锅来吃。汤汁又香又甜，浇在白饭上，可连吞三大碗。

不喜牛肉的，用同样方法来烹调猪或鸡亦可，但总比不上牛肋。

卡巴乔

虽然欧洲人也敢吃生的肉类，但长期以来，只有鞑靼牛肉和这道卡巴乔（Carpaccio）罢了。1950 年，意大利威尼斯的哈利餐厅发明了这道菜，来纪念著名画家维托雷·卡巴乔。

卡巴乔的画色彩鲜艳，尤其是红色和白色用得极为独特。卡巴乔这道菜，基本上是用最新鲜的红色生牛肉，淋上白色奶油而成的。

据说是有一位女客人，医生劝告她不要吃煮熟的肉类，只可以吃鱼。她听了说："不吃熟的话，我吃生的好了。"

材料有：牛扒，蛋黄、芥末、盐、胡椒、柠檬汁、白醋、牛奶、橄榄油和伍斯特沙司，仅此而已。

第一个步骤就是先做白酱了，用一个大碗放入蛋黄、白醋、芥末、一点胡椒和盐，大力打匀，这时，将橄榄油一滴滴加进去。

打至变为乳白色的酱，就可以加柠檬汁。如果酱太稠，则加鸡汤或牛汤稀释之。有些人用清水，亦无妨。

将一半的酱留起来，在另一半中加入伍斯特沙司。为什么意大利人要用英国酱？这也是大厨的口味吧。此酱中最著名的叫李派林喼汁（Lea & Perrins），大家以为是英国人发明的，其实是由一名英国将领把印度的古方带回老家做出来的。材料有罗望子、洋葱、长葱、蒜、肉桂、丁香、酱油、盐、糖和胡椒。引人入胜的是，加了小江鱼，使得味道更加错综复杂。

把最新鲜的牛柳去肥、去筋，直切成薄片，铺在碟上。将酱料纵横淋上，淋成方格。这种做法，最为正宗。

意大利菜一传到美国，就变了质。在美国的意大利餐厅吃到的卡巴乔，做法是铺上一片玻璃纸，切了牛肉放上去；再铺一片玻璃纸，然后用木槌槌扁肉；去纸，将肉铺于碟中，下盐和油及柠檬汁，上面再撒几片芝麻叶和帕玛森芝士碎上桌。

卡巴乔流行起来之后，对许多生吃的肉和鱼薄片，人们都以卡巴乔称之。也可用羊肉、鹿肉代替牛肉。有些厨子将生比目鱼切片，用上述酱做成海鲜卡巴乔。好吃的，还有海水大龙虾和淡水小龙虾的卡巴乔。

红烩牛膝

西洋料理之中，做牛肉不一定是煎牛扒那么简单，也有红烧的做法，代表性的有意大利的红烩牛膝（Osso Buco）。

"Osso"，是骨头的意思，而"Buco"是指一个洞。这道用小牛腿做的菜，非带骨不可。而吃这菜的最高境界，在于吸啜骨头洞中的髓。

主要配料，是一种意大利人称为格雷莫拉塔（Gremolata）的，包括西芹、芫荽、大蒜瓣和柠檬皮碎，但佐料也可以变化，加入西洋小咸鱼（Anchovies），或者用橙皮碎来代替柠檬皮碎等皆可。

小牛（Veal），是还在吃奶的牛，肉为白色。长大后，一吃草，肉就转红。把一条小牛的后腿切为一英寸半的厚度，注意别让骨髓流失。

用橄榄油把牛腿煎至金黄，然后加红萝卜、洋葱、西芹和大蒜的碎片，炒一番。等到所有蔬菜都柔软，就可以将其铺在牛腿上面，放进一个焗盘之中。

在盘里加白餐酒、牛肉或鸡肉上汤，撒上胡椒。水盖到牛腿的半块厚的程度，就可以将盘放进焗炉中红烧，温度在163～177摄氏度最为适宜。

焖一小时，把牛腿倒翻，再焖一小时。如果看到盘中的汁不够，则加上汤和白酒，用叉试试肉的柔软度，太硬的话可再焖久一点。

这时把芫荽、大蒜、橙皮或柠檬皮拌好，取焗盘中的汁，捞去过多的油分，用来煮这些蔬菜，到汁变为浓酱为止。

牛腿上碟，淋上酱汁，撒些胡椒，即成。

伴在牛腿旁边的配菜，如果你是做米兰式的红烩牛膝（Osso Buco Alla Milanese）的话，那么就要有米兰炒饭（Risotto Milanese）了。米兰炒饭也是一道名菜，做法如下。

取些吃剩的海鲜，或者香肠、蔬菜，甚至水果，切成碎块。分量不必多，将其混入意大利野米。

　　加大量的藏红花，不可吝啬，至少要三小撮。用鸡汤、牛油、洋葱碎来炒饭，太干时下白酒，炒到半生熟为止。时间最难控制，太生或太熟都不行，全凭经验和喜恶，但米粒绝对不可炒得像中国人常吃的那么柔软就是了。

惠灵顿牛柳

　　从前的欢宴，都是选用大块头的肉烹调，这样才能显出宫廷的豪华气派，惠灵顿牛柳（Beef Wellington）就是其中之一。有人说这是法国菜，但法国人绝对不会以惠灵顿为名，最多叫它拿破仑牛柳。它应该是属于英国的名菜。

　　以一条至少3磅^①重的菲力牛排或夏多布里昂（Chateaubriand）牛柳为原料，去掉肥的部分，可做六人份餐食。

　　最古老的做法是先将牛柳焗一次，包上了面皮再焗第二次。但按这条古方制作，往往做得牛柳过熟或面皮过生，当今世界上的大厨做这道菜，都改良为只焗一次，才能保持肉质的湿润。

　　第一个步骤是用湿布把牛柳抹干净，放在砧板上，用盐和黑胡椒腌一腌，然后上等的是用鹅肝酱，次等的是用鸭肝或鸡肝涂在牛柳上面。

---

① 1磅约为0.45千克。——编者注

涂厚厚的一层，可加点甜酒提味。

把白蘑菇和牛肝菌（当然也可以用黑白松露菌）加牛油爆香，调味后铺在牛柳上面。

压扁一块酥皮，让它大小刚刚好地包裹着牛柳，切掉不必要的部分，搓揉成长条卷在酥皮外层当装饰。

另外将蛋黄、牛奶、水和盐拌在一起，打至混合，用它来涂酥皮的表面。

在烤碟上面铺一片纸，用油涂之，把包好的牛柳放下，酥皮接合处朝下。记得在酥皮上用小刀割几个洞，让牛肉透气，这个秘诀，不是每一个厨子都晓得。当然，你如果用试温管的话，可以插入洞内，这样才不会破坏酥皮。

用 120 摄氏度烤出生的（Rare），130 摄氏度烤出半生半熟的（Medium-Rare），140 摄氏度烤出熟的（Well-Done），时间是 15 分钟。也有些师傅不管三七二十一，用 200 摄氏度焗 10 分钟，然后把温度降至 180 摄氏度，再焗个 10 分钟。但这都要看你的焗炉大小，全凭经验，才能做出完美的。有个秘诀是，如果看到酥皮被焗得太黄的话，可以铺一层锡纸将其盖住。

这时的惠灵顿牛柳可以从焗炉中拿出来，切记要放凉后才用刀切片。精巧的做法是放个 15 分钟，粗糙的做法是放个 8 分钟。

如果要淋酱汁，最好只用法式红酒酱，这是用蘑菇和红酒制成的；或者用波尔多酱，它是用红酒和骨髓制成的。

俄罗斯牛柳

俄罗斯牛柳，正名为斯特加诺夫牛肉（Beef Stroganoff）。一说是由巨商亚历山大·格里戈里耶维奇·斯特加诺夫（Alexander Grigorievich Stroganoff）发明的，另一说是帕维尔·斯特加诺夫（Pavel Stroganov）始创。怎么说也好，都是做给一些老人家吃的，他们已无多少牙齿，咬不动大块牛扒，只能将牛扒切成长条细嚼。

后人也争辩，俄罗斯牛柳的肉，到底应该切成长条，还是方块？没有考据，但我相信长条比较有说服力，因为多是由大块切条，再变为小方块的。我到俄罗斯问乡下厨子，也说是长条。极有权威的烹调书《拉鲁斯美食百科全书》（Larousse Gastronomique）中记载的也是长条。

好，将一大块牛里脊肉（Sirloin 或 Tenderloin）切成长条之后，在锅中爆一爆，淋上酸奶，煮至烂熟，就是俄罗斯牛柳了，做法极为简单，所以从俄罗斯流行到世界各地去。

这个菜的历史并不长久，我相信是从最后的沙皇俄国年代开始的。当时许多白俄罗斯人流亡到中国，在上海等地做起俄罗斯牛柳来。驻华的美国兵一吃，觉得十分惊艳，又将它带到美国去。欧洲、巴西、澳大利亚人也跟着接受其为代表俄罗斯的菜肴。

这道菜不但在各国流行，也成了一种文化，影响瑞典和挪威等北欧国家，以香肠来代替牛肉，做出各自独有的吃法。

美国人喜欢在菜里加西红柿，在美国吃到的，酱汁是红色的。这菜是否应该有西红柿？问了俄罗斯人，他们说绝对不行，洋葱和蘑菇等佐料可以接受，最后铺上几条炸薯仔也勉强吃得过，就是不可以用西红柿。基本上此菜上桌时颜色是奶油的白色，不应该是红色的。

为求完美，我请教俄罗斯大厨，得到真正的做法。制作过程是：用纸吸干牛扒的血水，之后将其切成长条，将一块 300 克的牛扒，切成 8 条左右，撒胡椒和盐腌之。锅中下橄榄油，将长条的四面都煎至金黄，这时融一大块牛油，加红葱头去爆香；下切半的蘑菇，煎至干身，这时加大量的酸奶和一点芥末，其他香料一切免用。汁一干就要加水，煮至牛肉柔软为止。至于芥末，一些外国大厨建议用法国的"第戎"，但俄罗斯人认为当年俄罗斯做的芥末像英国人的，故主张用英国芥末。吃时把俄罗斯牛柳盖在饭上或面上，简单又美味，不愧为一道国际名菜。

焗羊腿

焗羊腿（Roast Leg of Lamb）这道菜，其实任何西方国家都有，但因澳大利亚羊多，质量普遍上乘，价钱更是便宜，久而久之，焗羊腿就变为澳大利亚的名菜。

在东方做这道菜有点困难，它需要一个焗炉，这不是我们厨房中必备的工具。

家里有焗炉的话，到高级超市选一条羊腿。要只大的好了，但千万别买冷冻的，有冰鲜的最好；不是澳大利亚羊可买新西兰羊；英国羊更好；法国羊最佳，肉最软，做法是一样的。

先用一把利刀，把腿上的筋和那层白皮削掉，别看皮那么薄，其实是最硬的，非去个干净不可。

　　接下来的步骤最好玩：当那条羊腿是你的眼中钉，举刀大力插下，刺它几个窟窿。这样一来可以破坏腿中肌肉的纤维，令肉质柔软。穿了洞后，就可以把大蒜一瓣一瓣地酿进去。喜欢大蒜味的，多刺几个洞。

　　抹在羊腿上的是牛油、月桂叶、盐和黑胡椒。你喜欢的任何香料，都可以派上用场。孜然粉东方人爱用，但正宗的做法是不下的。

　　把焗炉开到 450 摄氏度左右，将羊腿放进焗盘，就可以入炉了。

　　焗个 20 分钟，取出，将羊腿翻面，旁边加切成大块的洋葱、红萝卜和椰菜等。这道菜在澳大利亚做的话，可买巨大的蘑菇，整个放下去和羊腿一起焗。

　　羊腿的另一面再焗个 20 分钟，就熟了。如果你一点把握也没有的话，可买一支焗羊温度计，将它深深地插入羊腿，看到它升至 130 摄氏度，也表示是全熟了。

　　焗好的羊不可即刻吃，用一张锡纸盖住，搬移到另一个大碟里，放个 15 分钟，才不会烫手。

　　把焗盘中剩下的肉汁取出，用另一个锅煮至浓稠，就可以把它当成酱淋在羊腿上。

　　上桌时用生的西洋菜伴碟，大功告成。

　　要是不喜大蒜味，又爱甜一点的话，买一罐糖渍的樱桃罐头，掏出一粒粒红色的果实酿进羊腿，也是好看又好吃的。

挂炉鸡

挂炉鸡（Tandoori Chicken）中的"Tandoori"是一种很古老的烹调法，指的是用泥土堆埋成一个长形、椭圆的炉，将燃烧后的柴或炭放在底部，炉顶有个铁架，把整只鸡从上挂下，火焰不会直接触碰到肉，而是靠周围的热气（可升至 480 摄氏度）将肉烘熟。

实际操作也没有那么简单，火候要控制得好，外面熟，里面充满肉汁，才算上乘。

这种吃法应是源自印度，后传至中东、土耳其，甚至巴尔干半岛诸国。中国的一些少数民族，也常用挂炉煮食。Tandoori 的别名为 Bhatti，出自一沙漠中的游牧民族的名字。该民族就地取材，找到泥最好，不然便以石块砌成炉，封以湿沙。

当今的挂炉，有些已不用炭了，以瓦斯或电力代之。不是很正宗的外国印度料理店，还用化学染料来腌鸡。

传统的腌鸡法，以酸奶为主，混以大蒜、姜、孜然、小豆蔻、芫荽籽、丁香、黑胡椒和盐。酸奶会将香料凝住，涂在鸡的外层。印度人吃的鸡，是剥了皮的。

通常会将鸡染成红色或黄色，前者用的是天然的红椒粉、后者用的是姜黄。大自然就有许多染料，不必用人工制造的。

鸡腌制过夜，翌日就可以放入挂炉烤；若不用整只，则可斩件[①] 。用

---

① 斩件指切成小块。——编者注

一支铁叉叉住，吊入炉中，这种串烧吃法，还有一个名字叫"Chicken Tikka"。

挂炉鸡只是代表性的，除了鸡，人们还可以用同一个方法来烘熟羊肉、鹿肉、肉饼、洋葱、青椒等一切生蔬菜，也可这样烹饪。

将麦粉加水，搓成团，再压为薄饼，大力一扔，扔到挂炉壁上，即可贴住，不消一分钟，即起泡，外层略焦，它是印度或中东人吃的饼或面包。用这种基本的方法做主食，可比炊饭容易多了。

急着做一个挂炉，可用石油桶。把剩余的油烧掉之后，就以三合土涂在桶壁，一层又一层，薄薄地涂之（不可打横来涂，否则太重了抬不起桶来）。最后在桶底开一个洞，一方面通风，另一方面可以取出灰烬。

在外国做印度料理，除自制挂炉之外，也可以邮购。整个炉的外层以蓝色瓷片装饰，非常漂亮。

朱古力火鸡

朱古力火鸡（Mole Poblano de Guajolote），作为一道国际名菜，不是甜品，却用朱古力来煮。

最正宗的是用火鸡来当材料，但普通家庭也烧这道菜，火鸡又并非天天买得到，所以用普通鸡来代替，一点也不奇怪。

墨西哥人都吃朱古力鸡，不管在什么庆典上都吃，比如生日宴，婚宴；甚至在葬礼上也吃朱古力鸡。

配菜方面，有米饭、豆、墨西哥薄饼、泡菜和用茄子做出的酱料；或者家里有什么东西，都可拿出来佐食。

好了，我们来烧这道菜吧！

要准备的原料有：火鸡或普通鸡。洋葱（切碎）、蒜头（切碎）、猪油或粟米油、新鲜芫荽、刚爆香的芝麻和基本的盐等。

另外要先做好一个酱料：准备辣椒。如果要考究，那可得用三种特有的，名称分别为安秋辣椒（Ancho）、巴西拉辣椒（Pasilla）、莫拉多辣椒（Mulato）。但是买不到的话，任何辣椒，只要属于灯笼椒，都可勉强用之。

在外国做这道菜，至少要买正宗的墨西哥 Barra 牌子的朱古力，才能让本国人吃出乡愁来。

除辣椒，还要准备辣椒酱，最好买墨西哥的罐头辣椒酱（全称为 Chipotle Peppers in Adobo Sauce）。若不能入手，用其他辣椒酱亦可，但不可以用西红柿酱代替。

酱料的原料还包括：洋葱、蒜头、鲜西红柿、无核葡萄干、磨碎的杏仁、芝麻、芫荽籽、肉桂、黑胡椒、大茴香、猪油或粟米油。

第一个步骤是把火鸡块放进一个大锅中，加洋葱和大蒜；清水要盖过鸡块，煮个一小时；如果用普通鸡则可缩短时间。

同时，可把辣椒放在平底锅上烤一烤，取出，剥掉肉瓤和种子。

把火鸡块从锅中取出，用纸擦干水分，鸡汤则可留下备用。

往锅中下猪油，把鸡块爆香，取出备用；油留着。

把辣椒和上述的酱料原料都放进一个搅拌机中，打成酱状，再用剩余的猪油爆香。如果酱太稠，则可加鸡汤。这时把鸡块放进锅中和酱一块炒，最后才把朱古力碎放进去，加水慢火煮至全熟为止。上桌前撒新鲜芫荽和芝麻，大功告成。

大锅鸡

从前的法国皇帝曾经宣布：每一个国民在星期日一定要有一大锅鸡吃。

他说的就是大锅鸡（Poule au pot）了。这是法国农民最爱吃的一道菜。不，应该说是一餐了：汤可喝、肉可吃，酿在鸡肚中的东西更是主菜。

在没有味精的年代，大锅鸡的汤就是汤底；需要的甜味，都来自鸡汤，而没有什么鸡汤比大锅鸡的更浓更甜了。

以下步骤是根据马迪朗（Madiran）酿酒人家的做法总结而成的。据法国人称，这样做最为正宗。

所需材料：一只大鸡，愈大愈好，当然是在园中走动、啄虫吃的鸡，否则味道就差一大截了；火腿、洋葱、整粒的大蒜、鸡肝、大量面包糠、甘笋（红萝卜）、长葱、马铃薯、整棵的高丽菜；有些人也加鸭肾，但不加亦无妨。

把火腿、洋葱、大蒜，鸡肝剁碎，放入面包糠，太干的话可加生鸡蛋。拌匀后，将它塞入鸡肚，用绳子捆好。有些人还嫌不够，用粗绳，甚至用铁线来捆住整只鸡，将其放进大锅。

削去薯仔、甘笋的皮，将它们切成均等的大小，但不切碎，块大一点也不要紧，高丽菜更是切成四份好了。

水滚，把鸡放下，再下蔬菜。先大火，后小火煮之。一般说要 3 小时，这得看鸡有多老，有的要更久一些。

这期间，可以准备酱料，把腌制的黄瓜、红葱头和煮熟的鸡蛋削碎，加入醋、橄榄油、盐和胡椒，搅拌一下。

完成后，舀汤入碟上桌，这是第一道。然后把鸡肉斩件，拌蔬菜蘸酱汁吃，当第二道。最后吃酿在鸡肚内的菜。

在流行吃炸鸡的当下，这道大锅鸡已少有人做了，但它不失为法国最传统、最基本、最美味的一道菜。如今人们的生活富裕起来，已不是星期日才能享受这道菜，问题在于你肯不肯花时间和下功夫去准备。

这道法国菜，已经不分国界了，其他国家的人也吃得惯，中国人更是对其喜爱有加。

沙嗲

沙嗲（Satay），有泰式、印度尼西亚式的，甚至有把沙嗲酱用在潮州和福建菜中的做法。但做得最出色的，还是马来西亚式的。

沙嗲基本上是一种烧烤，而肉类就那么烤，好不好吃已和烹调技术无关。要烤得好吃，必须有独特的腌制法。像韩国烤肉，腌过的就比不腌的好，沙嗲也是一样的。

至于肉类，泰国和印度尼西亚的沙嗲都用大块肉，烤起来肉块与肉块之间的部分仍是生的，带着血水，这便不妥了。沙嗲的肉，基本上应该是选用挖骨边的碎肉，将它们一小块一小块串起来，很容易烤得均匀。忌太瘦，带点肥最佳。烤到肥处略焦，味道和扮相皆宜。

用的通常是鸡肉、牛肉和羊肉，也有用牛肚和牛肠的。腌制的材料有蒜头、花椒、八角、香茅、姜、芫荽籽、孜然籽、姜黄、酱油、椰浆、椰糖，将它们春碎后用椰油炒熟，最好把肉腌过夜。

用一根椰子叶中间的硬骨，将腌过的碎肉选同样大小的串起来。高级的沙嗲，是用削尖的香茅来代替椰枝的。

烧炭来烤，把一枝香茅的头部敲碎，当成一根刷，把糖和花生油涂在沙嗲的表面。要仔细地涂、不断翻动，直到看见肉块肥的部分发焦，才表示熟了。

吃时一定要混酱，沙嗲酱是菜的灵魂。用花生酱加辣油来敷衍的话则前功尽弃。

酱的材料有：炒香去衣的花生（应春得略碎，切忌春成粉末）、辣椒干、大蒜、红葱头、罗望子汁。若考究，可春虾米，味道会更错综复杂。

用椰油爆香大蒜和红葱头，加入春碎的花生和其他材料，炒一炒。爆香后下罗望子汁，加椰糖去煮，一面煮一面试，觉得适合自己口味就不要再添加椰糖。

量一定要大，从前的小贩一煮就是一大锅，让客人把肉串浸下去。当今讲究卫生，将沙嗲酱装入碗，一人一碗。其实碗也不要吝啬用大的，忌用小碟。小碟沾不到全串，一般餐厅供应的都有这个毛病，这违背吃沙嗲的原则。

最正宗的沙嗲出自马来西亚的加影（Kajang），它已不是小食，被当作正餐。肉串骨边摆着切片的青瓜和红皮洋葱，另有最重要的香兰叶包饭，叫作 Ketupat，有了这些才算完美。

鲤

秋天一到，就是吃鲤鱼的时候了。

中国香港人虽说喜欢吃游水鱼，但对活鲤敬而远之，认为它不是海鱼，有泥土味；又传说鲤鱼有毒，对孕妇不宜，于是更加没什么人去碰它，鲤鱼在菜市场中也变得罕见了。

一向听老人家说肇庆的鲤鱼最好，没试过，直到 20 世纪 60 年代末期，在"裕华国货"的食物部看到一尾，貌无奇，身略瘦，也买回来养。烹调时肚子一剖，鱼卵涌了出来，至少有整尾鱼的三分之二的重量，才知厉害。清蒸，肉香甜无比，肇庆鲤鱼实在好吃。

在餐厅吃鲤鱼，若是用死鱼做的，那么鳞蒸出来后扁平；鳞竖起，才是生劏①的，不可不知。

鲤鱼喜欢沉于江底或湖底，吃水草时带泥，洋人亦称之为"吃底的"（Bottom Feeders），大家都以有泥土味而远之。其实它生命力很强，食前养个三天不会死，且泥土味尽失。

---

① 劏，方言，意为宰杀。——编者注

古代中国人最尊敬鲤鱼了，认为它可以变龙，黄河鲤味道最佳，只指今河南这一段黄河内的鲤鱼。鲤鱼冬眠前要大量进食，此时肉质最为肥美。

为什么叫"鲤"呢？李时珍曰："鲤鳞有十字文理，故名鲤。"

鲤鱼脊中一道鳞，皆为小黑点，从头到尾，不管鱼多大，都是 36 鳞，是它的独特之处。

友人到了日本，见少吃淡水鱼的日本人，也会把鲤鱼做成刺身，起肉片片，将其扔于冰水之中，让肉结实，叫作"鲤洗"（Koi No Arai），大为惊奇。

其实，日本人只是把中国人吃鱼生的传统保留下来罢了。古人食鲤，刚开始就将鲤用于脍。《诗经》有云："饮御诸友，炰鳖脍鲤。"

脍，就是吃生鱼片了。

可惜，这一门艺术，至今已消失得无影无踪，就算是做鱼生最拿手的潮州人，也只用鲩鱼。鲤鱼刺身，只可跑到日本去吃。

也别以为洋人不会吃鲤鱼，有水稻田的地方就生长鲤，最粗糙的吃法是将鲤去了鳞，斩成一段段，油炸充数。还是意大利人较有文化，在米兰到威尼斯之间，最肥沃的水田中抓到活鲤，就把米塞进鱼肚中，再煮熟来吃，其味极为鲜甜，此乃人生必尝美食之一。

当今，法国普罗旺斯一带的湖泊中，也生了很多鲤鱼。法国人每年举行一次比赛，看什么人钓到的鲤鱼最重、最多，最重的纪录是一尾 12 千克。①

---

① 截至本书出版时，该纪录更新为一尾 33 千克。——编者注

鲤鱼被钓起来后就被放生，人们也不去吃它。法国菜里有关鲤鱼的记载不多。比赛的优胜者也没什么奖状，求满足感而已。

鲤鱼到了唐朝，命就好了。唐朝规定人民不准吃鲤，和皇帝姓李有关，唐朝钓得鲤鱼即放，仍不得吃，号赤鲩公，卖者决六十。决六十，打六十大板之意。

宋朝后，鲤鱼又有难了。宋朝出了一个宋嫂，很会烧鲤鱼，皇帝吃了赐金钱一百文，绢十匹。此事一传，公子哥儿互相争之。"宋嫂鱼羹"后来被厨子做得愈来愈复杂，最初不过是用旺火灼过，后以慢火煮三四分钟，保持鱼本身的鲜味罢了。

粤人吃的显然只是湖鲤，并无传说中在长江跳龙门的那么活跃，档次不高。做法也只是姜葱焗鲤之类。所谓焗，是指炸后再焖。鱼被他们那么一"焗"，鲜味就减少了。还是北方人把鲤鱼和萝卜滚汤的做法，比较能吃到原汁原味。

潮州人较能欣赏鲤鱼，他们通常认为要辟去鲤鱼的泥土味，可用腌制得软熟的酸梅，蒸鲤鱼的时候，把酸梅铺在鱼上，煮汤时也加入酸梅，过年必食之。

肉是其次，潮州人注重吃鱼子。广东人把卵子叫"春"，精子叫"获"。潮州人认为精子较卵子好吃。

我试过之后，觉得二者都有独特的味道。精子香甜之余，有如丝似绵的口感，犹胜猪脑；卵子虽略嫌粗糙，亦好吃，可称得上是穷人之鱼子酱也。

四川人也很会吃鲤鱼，他们用豆瓣酱来煮。鲤鱼生性逆水而上，肉中有筋，而筋特别坚韧。四川人懂得在剖鲤鱼时把筋抽掉，使其肉质变松，是烹鲤高手。馆子的人一遇到熟客，见剖的鱼只有卵子，就把邻桌点的精子偷来给熟客一份，精卵同碟上，这世界上并没有公平的事。

鲤鱼的吃法变化无穷，有所谓吃"软熘"的，即先用油浸鱼，再和配料一起用糖醋浸之，猛火收汁，使鱼肉软如豆腐，味道甜中带酸，酸中透咸。

鱼肠、鱼肝和鱼鳔也可一起炒，叫作"佩羹"，腐烂的吃法是用酒糟腌制，此法在日本琵琶湖边还流传着。

最残忍的做法没试过，只是听闻。古时开封有个厨子，用一块黄色的蛋丝包裹鲤鱼，油炸鱼身时淋上浆，使蛋丝不离鱼，鱼不离蛋丝。上桌后，鱼鳃动而张嘴，菜名叫"金网锁黄龙"，名字虽美，手法实在残忍。

印度尼西亚人在湖边搭了间茅屋，任客人挑选鲤鱼，金色的和红白相间的，多得是，照吃不误，做法是油炸两次，炸到骨头全部松化，蘸辣椒酱来吃，香甜无比。每次经过日本人的锦鲤鱼池，我都想起印度尼西亚的吃法，恨不得将锦鲤都炸来吃，被骂为野人一名，也笑嘻嘻。

蒜蓉白酒青口

这道用蒜蓉和白酒蒸煮的蒜蓉白酒青口（Mussels with Wine & Garlic），其实欧洲靠海诸国的人都会做，只是因为比利时布鲁塞尔（Brussels）的青口特别肥美，所以以它为名。法国人则称其为 Moules Marinière。

首先，要选青口。东南亚一带海水温度高，但也长青口，不好吃而已，所以不能用。只能采取海水寒冷又清澈的，除了欧美，新西兰产的也不错。

要怎么分辨青口的好坏呢？这是难题，从外表上看，颜色要鲜艳。它多数是黑色和深紫带蓝色的，表面上附太多的岩片或杂质也不好，有崩坏和缺口的都要扔掉。

至于新鲜与否，可试着用双指去掐一掐，活着的就算不开口，也会缩紧一下。如果没有反应，便可弃之。

拿在手上，太轻的一定不行；沉甸甸的，也许里面充满泥巴，亦不可选。

总之把所有市面上卖的青口逐一试之，选最好的，从此一直依照这个来源购买，是唯一的办法。

东南亚难买到活着的青口，只有选购冷藏；来自比利时的最好，法国次之，新西兰的更次之。

好了，有了原料，就可以开始烹调。蒸煮青口为西餐中最容易做的一道菜，先要买一个深底的铜锅。没铜锅，铁锅也可，但一定要有盖的。

洗好锅，擦干，下一大块牛油。等它完全化开又冒烟时，就可以把大量的西洋芫荽碎和大蒜蓉放进去。爆香后，倒入青口，用木铲兜它一兜，这时可以下白酒了。分量凭经验，通常用半瓶。上盖。

煮个三分钟，双手把整个锅子提着翻摇，因为盖紧，汁不会溅出来，不必担心。再煮个两分钟，再摇，就可上桌了。

先选一颗最小的青口，挖肉进口。壳有韧带黏住，可以当作夹子，用它来夹出其他更大的青口肉。

吃剩的汁，可用来蘸法国面包，甚为鲜美。有些人在上桌前再撒些西洋芫荽碎当装饰，有些人用金不换来代替芫荽。这道菜一吃就停不下来，所以最好用中型的锅子，一人一锅，不必抢。

普罗旺斯式田鸡腿

在海外的法国餐厅，已不分东南西北法国菜，什么都做。看菜单，其中一定有一道菜叫普罗旺斯式田鸡腿（Frog Legs A La Provencale）。

人们以为做法统一，但是各家餐厅都不同，有的用西红柿酱，有的下一点咖喱粉，有的用芝士去焗，都自称为普罗旺斯式。

最普通的，就是油炸了。用橄榄油下锅，等冒出烟时表示油已热。这时把田鸡腿沾面粉，就可下油锅炸；炸至金黄，表示已完成，捞上来，放在碟中。

一般都要以很浓的奶油酱佐之。奶油酱的做法也家家不同，通常是下橄榄油，爆大蒜，撒点盐，然后倒入新鲜牛奶，最后下点面粉，收火煮成稠酱，用来淋在田鸡腿上面，大功告成。

吃时，法国人会教你用手指。那么小的田鸡腿，刀叉是派不上用场的，只啃田鸡肉的话，法国人也会说："吸吸骨头上的味道。"

和猪及牛不同，田鸡腿没有骨髓，吸不出什么味道，但这是法国人进食田鸡腿的仪式，照样做，他们看了会高兴的。

田鸡腿虽然被冠上普罗旺斯这个南部地方的名字，但南部气候炎热，湖泊较少。真正生产田鸡的，是法国东北部，那里池沼多，生态最适合田鸡，田鸡的产量最丰富。在著名的维泰勒区（Vittel），每年四月的最后一个星期日还有一个田鸡节，人们会大吃田鸡。如果你好此物，一生总得去一次。

生产得多并不代表会吃。普罗旺斯山清水秀，养出一群老饕，在那里吃到的田鸡腿，到底是不同的。

做法最为简单，先把田鸡腿切下，只用大腿那个部分，小腿弃之。

这时，可以把田鸡腿浸在牛奶中，让它的肉质变得更柔、更滑。取出，用手把田鸡腿的肉从尾推到头部，再压扁之，形状就如一把小雨伞。

橄榄油下锅，爆大量蒜蓉，就可以把田鸡腿放下去煎。你会发现，田鸡在炒、煎、煮、炸、烤的烹调法之中，煎是最佳的。煎到什么叫刚好，全凭经验。放在碟中，骨头一根根向上。吃时用手指抓着骨，慢慢嚼肉，这就是真正的普罗旺斯式田鸡腿了。

蜗牛

法国蜗牛（Escargots），并非一般能在花园中找到、带着斑点的那一种。它颜色漆黑，壳较平坦，也不像我们的田螺，大约分为三种。

1. "Escargot de Bourgogne"，它是勃艮第的蜗牛，多数野生，非常大，用来装进罐头出口。

2. "Petit Gris"，是小灰的意思，长于法国南部，较勃艮第杂产的小。在各地菜市场都能买到新鲜的。

3. "Achatina Fulica"是非洲大蜗牛，来自东非，亚洲亦多。当今大量由中国进口，用来假扮勃艮第蜗牛，肉质最为粗糙。

吃蜗牛的话，最好就是去法国了。法国之外，都是罐头的，买不到新鲜蜗牛。

名字听起来可怕，但蜗牛的肉异常甜美，吃过会上瘾。做法很简单，通常用法国欧皮耐尔（Opinel）小刀把肉挖出，洗净之后用盐和胡椒腌之。有时也会加些百里香和红辣椒粉。

空壳多次清濯，用力刮去壳上杂质，再把蜗牛肉填回壳中。

最正宗的做法要用葡萄藤来烧，它能保持一定的温度，也不会一下子燃尽。当蜗牛被烧时，会吐出白色的汁，火渐猛，汁变成黄色，最后呈褐色，表示已经可以吃了。

传统的做法是一边烧蜗牛，一边烤一块带肥的培根，让培根流出来的油渗进蜗牛里，这么一来味道更错综复杂。

在这道菜被搬进餐厅后，人们就发明了一个碟子，有六到十二个洞。肉挖出后用百里香腌制，再用大蒜及牛油来煎半熟，最后填回壳，再拿到焗炉中焗。

有些厨子担心蜗牛肉跑出来，或者汁流掉，就把香草和面包碎拌起，抹在蜗牛口塞紧，这种做法不好吃，享受不到蜗牛的原味。

吃时有两种道具，一种是由两个半圆形的铁匙制成的夹子，用来夹壳，叫"Tongs"；另一种是铁叉，较一般的三叉小，只有两叉，用来取肉。

在乡下吃烧或焗蜗牛时，不供应夹子，那怎么办？别担心，你可以把面包皮撕下来当成夹子钳蜗牛壳，这样就不会烫伤手指了。

第三章

耐心去熬一碗汤

家常汤

"你喝些什么汤？"记者问。

最好喝的当然不是什么鱼翅、鲍鱼之类的汤，而是家常的美味。每天煲的汤，当然要用最容易买到的应季食材。

今天喝些什么呢？如果想不到，往九龙城菜市场走一趟，即刻能决定。

看到肥肥胖胖的莲藕，就想到章鱼莲藕猪骨汤了，回到家里，拿出从韩国买回来的巨大八爪鱼干来，洗个干净，用剪刀分为几块，放进陶煲。排骨选尾龙骨那一大块，肉虽少，但骨头最出味，极甜。另外把莲藕切成大块投入，煲个两三小时。煲出来的汤是粉红色的，就是上海人倪匡兄最初见到时形容不出，把它叫为"暧昧"的颜色。他试过一口即爱上，佩服广东人怎么想得出来。

当今天气炎热，蔬菜不甜又老，最好还是吃瓜。而瓜类之中，我最爱的还是苦瓜。将小排骨即肉排最下面那几条，斩成小块，加大量黄豆。苦瓜切成大片，最后加进去才不会煮得太烂。这口汤，也是甜得要命，又带苦味来变化，的确百喝不厌。

至于要煲多久，全凭经验，有心人失败过几次就能掌握。一直喊不会煲汤的人，是懒人。

虽说天热导致蔬菜不佳，但也有例外，像空心菜，也叫蕹菜，就愈热愈美。买一大把回来，先把江鱼仔（鳀鱼干，到处能买到，但在马来西亚槟州买到的最鲜甜）中间的那条骨去掉，将其分为两半，滚它两滚，待味出，即下蕹菜和大量蒜头，煮出来的汤也异常美味。

老火汤太浓，不宜天天喝，要煮这种简易的清汤来中和一下。

清爽一点的还有鲩鱼片芫荽汤。鲩鱼每个街市都有，买肚腩那块，去掉大骨，切成薄片。先把大量芫荽放进去滚，汤一滚，投入鲩鱼片，即收火。这时的汤是碧绿色的，又漂亮又鲜甜。

我喜欢的汤，是好喝之余，汤渣还能吃个半天的。像红萝卜煲粟米汤，粟米要买最甜的那种，请小贩们介绍好了，自己是分辨不出的。如果要有疗效，那么放大量的粟米须好了，可清肺。下排骨煲个一小时，喝完捞出粟米，蘸点酱油来啃，可当点心。

说到萝卜，青红萝卜煲牛腱，最好是用五花腱，再下几粒大蜜枣，一定好喝。从前方太还教了我一招，那就是切几片四川榨菜进去，味道变得复杂，口感爽脆。牛腱捞出切片，淋上些蚝油，又是一道好菜。

花生煲猪尾也好喝，将大量大粒的生花生下锅，和猪尾煲个一两小时，汤又浓又甜。我发现正餐之间，肚子饿起来，最好别乱吃东西，否则影响胃口。这时吃几小碗花生好了。猪尾只吃一两小段，其实当今的猪，尾巴都短，要多吃也吃不到。

猪尾、猪手的毛，一定要刮干净。除了用火枪烧之，另外就是用剃刀仔细刮个清清楚楚，不然吃到皮上的硬毛，心中也会发毛。有时怎么清理都剩下一些，这是我最讨厌的事。我曾经一而再、再而三地问那些猪脚专门店的人如何去毛，他们也说没有其他办法。

说到猪脚，北方人多数不介意前蹄或后脚，广东人就叫前蹄为猪手，后蹄为猪脚，这样就容易分辨了。总之，肉多的是脚，骨头和筋多的，就是手了。

当今南洋肉骨茶也开始流行起来。到肉贩处买排骨时，吩咐要肉少的首条排骨（肉太多了一吃就饱），再去超级市场买肉骨茶汤包，放进去煲它两小时就能上桌。别忘记下蒜头，要下一整颗，用汽水盖刮去尾部的细沙即可，喝时会发现蒜头比肉更美味。如果要求高些，当然要买最正宗、最好喝的新加坡"黄亚细"汤包，虽然价格比一般的汤包贵，但是是值得的。煲时除了排骨，可下粉肠及猪肝，猪腰则到最后上汤时灼一灼即可。

在家难以处理的是杏仁白肺汤，可多给点钱请肉贩为你将猪肺洗个干净，加入猪肺和杏仁进去煲，煲至一半，另取一撮杏仁用打磨机磨碎再加上，这么一来杏仁味才够浓。

要汤味浓，也只有用这方法，像煲西洋菜陈皮汤，四五个人喝的分量，最少要用上 5 斤西洋菜，一半一早就煲，另一半切碎了再煲。肉最好是用带肥的五花腩，煲出来油都被西洋菜吸去，不怕太腻。总之要以本伤人，煲出一大堆汤渣来也可当菜吃。

另一种一般家庭已经少煲的汤是生熟地汤，用大量猪肉、猪骨，煲出黑漆漆的汤来，北方人一见就怕，我们笑嘻嘻地喝个不停，它对身体又好。

跳出标准食谱框来煲汤最好。当今的冬瓜盅喝惯了，已不觉有何特别；有一次在顺德喝的，不是把冬瓜直放，切开 1/4 的口来做，而是把冬瓜摆横，开 1/3 的口；瓜口不放夜香花，而以姜花来代替；瓜里面的料是一样的，拿出来时扮相吓人，但当然觉得更好喝了。

不过我喝过的最佳冬瓜盅，是和家父合作的，他老人家在瓜上用毛笔题首禅诗，我用刻图章的刀来雕出图案，当今已成绝响。

味噌汁

　　一般人，以为日本最普通的汤——味噌汁（Miso shiru），只是加了面豉酱，煮一煮，加上些紫菜、豆腐之类，撒点葱花，就完成了，其实是大错特错。

　　要做好一碗正宗的味噌汁，先要熬制两种最基本的汤底，叫作"一番出汁"和"二番出汁"。一番出汁用昆布和鲣鱼碎混合而成，配合了昆布的甜味和鲣鱼碎的香味。

　　一番出汁的残余物质，加清水再以猛火滚之。最后加入一把新的鲣鱼碎，再煮 10 ~ 15 分钟，过滤了渣滓后就是二番出汁。而味噌汁，就是以二番出汁为主 。

　　味噌的分量又是多少呢？这要看是什么地方产的。原料基本上是大豆，但发酵期间下的曲，就有米、豆和麦三种，分别叫作米味噌、豆味噌和麦味噌。最多人用的是信州味噌，它属于米味噌，色淡，略咸。

　　仙台味噌也是米味噌，色浓，味最咸。八丁味噌则是麦味噌，味浓，不太咸。而西京味噌也是米味噌，较甜。九州岛味噌用麦味噌，很醇，较甜，很多人用米味噌调和。

　　八丁味噌叫赤味噌，西京味噌叫白味噌。

　　所以味噌的分量不能一概而论，按照一般日本人所说，1/10 味噌，9/10 二番出汁的比例，也是错的。

　　一切都要依照喝汤的人的口味，是什么乡下出身的人，就用什么样的味噌。味噌颜色的浓淡也不同，人们对赤与白各有所好。季节也起到了一定的影响，笼统来说，夏天喝赤味噌，冬天喝白味噌的人居多。

煮味噌汁的步骤为：一、用二番出汁为底，煮至热，不可滚；二、用一部分二番出汁溶化味噌，用一个笪箕隔去渣滓，搅动；三、再加剩下的二番出汁。

味噌汁中最基本的材料为豆腐和若布。若布为海带芽刚长成的叶，不韧。把味噌汁煮热，就可以下豆腐和若布。

如果原料中加萝卜，那么就要先用一部分的味噌汁把萝卜煮软了，再把热的味噌汁加进去。总之，忌滚。

制作过程复杂，外国酒店的早餐要迎合日本客的口味，常有味噌汁出现，但没有一家做得像样。鉴于此，我建议这些酒店用一包包已经调好味的现成产品，依分量加上滚水，就能做得比较像样了。

冬荫功

代表泰国的汤，当然是冬荫功（Tom Yum Kung）了。所谓冬荫（Tom Yum），是一种又酸又辣的汤的做法；功（Kung），则是虾的意思。如果是"Tom Yum Mu"则是冬荫猪，"Tom Yum Pla"是冬荫鱼了。冬荫功的滋味十分显著，喝的人只有喜恶，没有中间的路线。喝不惯的人一试，会觉得像肥皂水，即刻便会吐出来。

和四川人的麻婆豆腐或担担面一样，每一家泰国人做的冬荫功都不同，所以没有固定的菜谱。虽这么说，总有一些食材和做法基本上是不变的。

最主要的材料是虾，一定要用淡水的，切忌选海虾。这一点一般开在境外的泰国餐厅都不讲究，或者是客人根本没有要求。

河虾也要选头带膏的，有时我们去餐厅，看到冬荫功的面上浮着一层红油，以为是辣椒油，吓了一跳，但原来是虾膏的油，这种油愈多愈好；所以讲究起来，正宗的冬荫功，应该用膏最多的湄公河大头虾。

其他配料有：香茅、芫荽根、樱桃西红柿、泰国草菇和泰国青柠，以及少不了的鱼露。

另外有红葱头、细长葱、大蒜、砂姜（Galangal）、泰国芫荽。这种锯齿形的长叶芫荽，在泰国叫泰国芫荽，在越南叫越南芫荽；其他国家的人则称之为墨西哥芫荽，它是吃越南牛肉河粉不可缺少的生菜。

还有洋葱、皱皮青柠的叶子（Kaffir-Lime Leaves）和泰国菜的灵魂指天椒。将中国芫荽（我们在街市看到最普通的那种，和墨西哥芫荽完全不同）切碎，最后撒在汤的表面。

准备好材料，煮的步骤为先滚汤，最普通的做法是用清水；考究的熬猪骨，或者用鸡汤。汤开后，下虾和虾壳去煮。虾分三份：一份和汤一齐上桌，可剥掉中间的壳，留下头尾，中间去肠；其他两份用来熬汤，不上桌，汤里虾太多，也减少美感。这时也下香茅、芫荽根、柠檬叶及泰国芫荽。

滚完汤，捞掉虾壳及杂物，下樱桃西红柿和泰国草菇去煮后，就可下指天椒、鱼露和青柠汁了。若果太酸，可加点椰糖中和。

上桌的虾最后下，刚刚熟，就要收火，太老肉质就硬了。

有些人下酸罗望子，下咸虾膏提味，这都不正宗。正宗的冬荫功，依上述材料和做法已足够。

罗宋汤

很多人以为顾拉殊（Goulash）就是罗宋汤（Borscht），其实不然。

俄罗斯的名汤，发音为波殊（Borscht），也用西红柿，但重要的蔬菜不用灯笼椒，而是用甜菜根（Beet），别名糖萝卜。

因为天气寒冷，其他蔬菜种不出来，俄罗斯及其周边国家的人，尤其是乌克兰人，就挖地下的根当主要的食材了。

甜菜根有柚子般大，肉红得发紫，也可当天然染色剂；一般是不削皮就拿去煮的，以防过烂散掉。

做罗宋汤，许多外国人以为把甜菜根切丁加进去就是，这是失败的原因。甜菜根一定要烤过或焗过，这样才能做出地道的罗宋汤来。

制作过程如下：用锡纸把甜菜根包起来，放在焗炉中用 204 摄氏度的火焗个一小时。如果在火上烤，则用叉或筷子试之，能插入为止。

把甜菜根切片，再切成长条，不能太细，手指左右的大小即可，备用。

肉可用牛肉或猪肉，前者切块；后者用排骨，切成长条，略蘸一蘸面粉，加油，煎至金黄，就可以移进大汤锅中。

汤底用牛肉熬出，但一般家庭只用清水来滚。加甜菜根，又可加西红柿，煮个 30 分钟左右。

这时加高丽菜、洋葱、红萝卜、西芹和西红柿酱，猛火滚后再以中火煮 30 分钟。

最后的步骤是加醋、柠檬汁、大蒜，胡椒、盐和糖，再焖个 15 分钟。

　　上桌时，在汤上加酸忌廉 ①，才是地道的吃法。但如果不喜欢忌廉，撒上莳萝碎就是。

　　喝罗宋汤时，最好和皮罗什基（Pirozhki）一齐吃，这样才最正宗。这是一种俄式肉饼，包成长方形，用吃剩的菜当馅。

　　罗宋汤在立陶宛等俄罗斯的邻国也极为流行，影响到东欧，波兰人尤其爱喝；但他们有种叫"Chlodnik"的甜菜根汤，不可被混淆为罗宋汤，它是用鲇鱼来煮的。

　　犹太人不是什么都吃的，但罗宋汤他们会接受。你可以喝热的，也可以喝冷的。

顾拉殊

　　从俄罗斯到东欧诸国，最典型的浓汤叫顾拉殊（Goulash）。在寒冷的气候中，有一碗，再配上面包，就是很丰富的一餐了。

　　名字和做法各异，但可成为代表的，应该是匈牙利浓汤（Hungarian Goulash），当地人叫作"Pirkilt"或"Paprikas"。

　　基本步骤如下：采用大量的匈牙利灯笼椒（Paprika）。若不能吃辣，可取带甜、不辣的。

---

① 忌廉是一种统称，指奶油。——编者注

把牛肉或猪肉切成方块，以胡椒腌渍，涂上很薄的面粉，炸它一炸，取走备用。

将培根、烟熏火腿或匈牙利香肠切丁爆香，再炒大量的鲜葱。蒜瓣则依照自己的喜恶加减。另撒匈牙利辣椒粉，再把肉块放进去快炒一下，移至大锅。

这时可加熬成的牛肉或鸡肉清汤、白餐酒或啤酒，随你的分量去煮汤了。等汤一滚，加上述匈牙利灯笼椒、红萝卜等蔬菜。

香料则须用葛缕子（Caraway Seeds）、墨角兰（Marjoram）和月桂叶（Bay Leaves）。

最后下西红柿和西红柿酱。酸高丽菜则是随你喜欢，煮一个半小时到两小时即成。

吃时有人爱加上一匙酸忌廉，不加亦可。

每个人都可以说出他们心目中的顾拉殊，但有些基本原则要遵守：第一，能称得上是顾拉殊的，一定要被煮得浓郁，太稀的是不合格的；第二，只限用牛肉、猪肉、鹿肉等红肉，白色的鸡肉煮出来的不成味道；第三，不能用海鲜来代替肉。

你也可以把顾拉殊当成冷汤来喝，记得把浮在汤上的凝固油粒去掉就是。

去匈牙利，叫"Goulash"是不通的，它的意思是驱牛的工人、北欧的牛仔。餐牌上，如果你看到"Gulyas"一词，那就是了。

"Pirkilt"是不加酸忌廉在汤上的，"Paprikas"则加了。此外，顾拉殊都不可以被称作真正的匈牙利汤，但它已经成为一道重要的名菜。

龟汤

虽然菜谱上都不注明龟汤（Turtle Soup）的出处，但像这么刁钻的烹调，应该是法国人才想得出的。

电影《巴贝特之宴》中，大厨选的食材由船载到，搬运工人把一只海龟抬在头上，令不懂得吃的当地人目瞪口呆。

是的，龟汤最基本要用的就是海龟，即鳄龟（Alligator Snapper），它不是鳖、甲鱼或山瑞鳖可以代替的。

古老的菜谱上记载做法如下。

用　　料：龟肉、牛膝肉、鸡油、切成小方块的红萝卜、洋葱碎、西芹碎、蛋碎、月桂叶、百里香、盐和胡椒等。

方　　法：把龟肉和牛膝肉放进焗炉里，涂上鸡油焗至金黄，翻它一翻，再焗。

将焗好的肉放入一个大锅，加牛肉熬出来的上汤，以及红萝卜小方块、西芹碎、洋葱碎及香料，慢火焖3小时，此时汤才会清澈。最后把龟肉切成小方块加入，又添雪莉（Sherry）酒和蛋碎。

注意事项：上桌时，再加雪莉酒、盐和胡椒。

海龟的处理并非一般家庭主妇所能胜任的，若用大龟，龟往往有数十公斤重；若用小龟，比如中国的金钱龟一类的，则要把龟头斩下，放血，置滚水中煮，然后用刀依裙边切下，剥出龟壳，取出肉，去其肥膏，方可。斩下的头部还会咬人，得加以小心。欧洲超市或有现成龟肉出售，多数大厨都会采用冰冻的食材。

由于海龟当今已成为保护动物，所以餐厅里都在用甲鱼代替。甲鱼也有优点，它裙边软膏似的部分可被切成小方块，口感和滋味俱佳。

至于用其他食材来做的，如牛尾、牛脑和牛内脏、牛颊等，则叫假龟汤（Mock Turtle Soup），在18世纪已经出现。

法国菜影响了美国南部料理，叫作克里奥尔（Creole）料理。路易斯安那等地的龟汤，还有人用鳄鱼肉来代替。但当地人嫌其味淡，常加入大量西红柿汁和伍斯特沙司，同时下油面酱（Roux）来令汤更浓，油面酱是一种把脂肪搓入面粉的混合物，一般大厨也不懂得使用。

到底还是应该欣赏清澈的龟汤，洋人说龟肉有七种味道，哪七种不详，但真正的龟汤滋味的确美妙，令人毕生难忘。

洋葱汤

除了海鲜汤，法国的洋葱汤（Soupe à L'Oignon）也已世界闻名。几乎所有的欧洲餐厅，以及美国、澳大利亚、新西兰等地的餐厅，都有这一道汤。初学西餐，很多厨子也从它学起，大家以为它最简单不过，但正式的做法非常繁复，从准备到完成最少得花上两个半小时。如果没耐心去做，那么这篇文章你也不必看下去了。

该汤的正名为 Soupe à L'Oignon，法国以外的地方，都以简单的法国洋葱汤（French Onion Soup）或干脆以洋葱汤（Onion Soup）称之。名字愈精简的地方，做出来的汤愈平凡。

这汤一开始，就要用牛油和其他植物油一起，以慢火来煎切碎的洋葱。洋葱块不能太大，也不可太小；切半之后，每半再下五刀左右，切成这个大小即可。至于要用多少个洋葱，那要看你要烧多少碗汤，我在这里从来不讲得仔细，只把过程记录下来，分量是你试做又试做后，才能决定的。

用个大锅，慢火把洋葱煎至浅黄，至少得花上 15 分钟。别以为这就行了，之后还得把火开大一点，下盐，加一点点糖来翻炒。发明洋葱汤的时候，是没有味精的。这个翻炒的过程要持续半小时到 40 分钟，而且得勤力兜炒。这时的洋葱有一种金黄又带深棕的颜色，非常漂亮。

这时可做汤底了。另锅煮牛肉汤或其他肉类熬的汤，加白餐酒或白苦艾（White Vermouth）酒，就可以将其放在一旁，开始准备面包。

把切成圆形的面包放进烤炉，一面烤一面将橄榄油或牛肉汁涂在面包的两面，另以大蒜擦之，备用。

这时把汤加热，倒酒，撒盐和胡椒。

有些厨子是把面包浸在汤面上，再撒芝士碎去焗的，正宗的吃法绝不是这样的，只会撒芝士在汤上，然后焗至表面略焦，将其与面包分开上桌。

有种叫 Soupe Gratinée Des Trois Gourmandes 的洋葱汤，是在汤上桌

之前把蛋黄加粟粉 [1] 打匀，再滴白兰地和伍斯特沙司。汤上桌前，掀开焗芝士的首层，把蛋黄徐徐倒入，搅匀，便大功告成。

法国清汤

学吃西餐，第一道菜通常是汤；而那么多种汤之中，首次学会点的，当然是法国清汤（Consommé）了。

法国清汤已经是国际名菜，在很多餐厅中都会出现；英国人一向说是他们发明的，但从名字看来，该汤显然是一种法国汤。

最早，在西洋料理之中，没有出现过炖的做法。中国人会炖，所以能够制出清汤来，而西洋料理中的清汤是煮出来的，煮的汤都浓浊，要令其清，全靠蛋白。蛋白也可用来清除红白餐酒的杂质，非常有效。

虽然都叫清汤，但材料可用鸡肉或者牛肉，甚至鱼肉，不变的是杂菜。

把红萝卜、西芹、洋葱和大蒜切成丁备用。

肉类则需要完全去掉肥的部分，用一百巴仙的瘦肉，切碎后煲汤，分量根据你要做给多少人喝而定。要煮浓一点的汤，肉就要放多一点，这是必然的。

---

[1] 粟粉即玉米淀粉。——编者注

用肉煲汤，倘若尚有油漂在汤面上，得即刻去掉。这时可以把杂菜放进去煲，如果汤不够多，可将杂菜加在另一个锅煲出来的鸡汤或牛肉汤甚至罐头汤里。

等汤不是太滚的时候，准备下鸡蛋。通常用 3 个鸡蛋，多人吃时分量可以加多；只取蛋白，打至泡沫状，倒入暖汤煮至滚沸。也有人将蛋白混入杂菜和肉块一起煮。

一边搅动汤，一边煮。这时汤面浮出的杂质会结成一块。在块状杂质上打开一个洞，慢火再煮。

捞出杂质块，用厚布过滤，流出来的就是清汤了，这时酌量下盐，便能上桌。有些人会下些雪莉酒。至于杂菜，有些大厨会在其中下些香料，这却是随自己所好了。法国清汤，至此大功告成。

同样的做法，用成熟的西红柿来代替杂菜，可加茵陈蒿干叶、藏红花丝等为香料，煮出西红柿清汤来。这时的汤应该是琥珀色的，非常美味。

布耶佩斯

只有在法国马赛地区吃到的海鲜汤，才有资格被叫作布耶佩斯（Bouillabaisse），其他地区的只能被称为鱼汤（Soupe de Poisson）。

为什么那么严格？这也有道理，布耶佩斯是渔夫们把卖不出去或没有什么商业价值的鱼，全部扔进一个大铁锅煮出来的汤。其他地方捕不到同样的鱼，煮出来的味道不同就是不同。

包括什么鱼呢？各有其说，其中有种红色的、像潮州人做鱼饭用的小鱼，很肥，肥得流出来的膏汁也是红色的，这种鱼就是主要的食材之一。另外，海鳗、海乌鱼、比目鱼和一种叫蝎子鱼（Rascasse）的，也很重要。

并不一定需要贝壳类，但要想有变化，引起食欲，也就抓到什么加什么了：青口、蚬，小螺、海蜗牛等皆可。

这道菜从最初的渔夫餐桌上被搬入餐厅之后，就加了龙虾和螃蟹。螃蟹也有讲究，一定要用马赛附近捕到的品种，个子不大的。大师傅也加一些贵鱼进锅。有些人还加了淡水鱼，这对法国人来说，是一种不可饶恕的行为。

做法并不复杂：用橄榄油爆香洋葱和长葱，只要煎软就行，别煎焦；再加大蒜和西红柿或西红柿酱。这时可以将菜移入一个深底的大锅，加事先预备的汤底——把鱼头、鱼骨或小杂鱼熬得稀烂，去渣而成。有些人反对用鱼汤，那么加清水亦可。然后放洋芫荽、月桂叶、百里香和罗勒、陈皮、胡椒、盐等调味品。一般家庭不加昂贵的藏红花着色，餐厅才用之。

汤一滚开，就可加大只的鱼和其他海鲜，有些家庭会放面条或米粉丝去煮。

猛火煮十几分钟，即成。制作西洋的鱼汤和东方的有同一个道理，就是要猛火才能去腥，颜色亦浓。

把大鱼捞起，放在一个铺着面包碎块的碟子上，再淋一些浓汤，就能当菜吃。

剩下的汤，就是布耶佩斯了。

喝时有人撒些芝士末，但蘸一种叫 Rouille 的海鲜酱才是精髓。这个酱是用大蒜、洋葱碎和灯笼椒碎，加很辣的小辣椒和大量的橄榄油搅拌而成的。

几乎所有的地中海国家都有类似的菜，希腊的叫 Kakavia，西班牙的叫 Suquet。

周打

很少有真正的美国名菜，周打 [①]（Chowder）是代表作。美国人说它是 19 世纪在新英格兰（New England）地区发明的，当年建设铁路的中国劳工中也有烧菜的。美国人歧视他们，认为他们一律姓周，连吃饭也叫 Chow，而 Chowder 可能代表中国人煮出来的汤。

另一说法，是周打这个名来自法国人用的大锅，叫 Chaudière，周打是由这大锅熬出来的汤。

我们一听到周打，就想起蚬汤来，但周打不一定用蚬。最早的周打也加猪肉和面包在汤内，后来用薯仔代替饼干，又加忌廉和牛奶，周打因此有了种种的变化。

新英格兰蚬周打（New England Clam Chowder），做成四杯份的话，分量如下。

---

① 周打即杂烩羹汤。——编者注

用 5 磅重的硬壳蚬，把外壳洗擦干净，放在一冲水盆内，加冷水至盖住蚬，放 1/4 杯的盐进去，浸蚬半小时。（美国人以为放盐就能去沙，其实不可行，还是中国人的智慧高，他们把刀或生锈的铁器放进水中，这样蚬便一定会把沙吐得干净。）将砚取出后放进大汤煲，再加一杯水和洋葱碎、芹菜碎、百里香碎和月桂叶。

上盖，煮蚬 15 分钟，至壳打开，扔掉壳打不开的，把汤倒入筲箕，隔开杂质备用。待蚬冷却后剥壳，取出肉并切成细块。

把两片培根和两小块咸猪肉切丁，再切碎一个洋葱和一片月桂叶、百里香，用牛油把以上东西爆香。加 3 杯水，然后用它们去煮切丁的番薯，先猛火后文火煮十几分钟，搅匀，加一大杯牛奶和忌廉，就可以和蚬一起煮热上桌。

做出来的汤是白色的，吃前撒胡椒、洋芫荽碎，放入汤杯进食，配饼干。

曼哈顿蚬周打（Manhattan Clam Chowder）：基本做法和新英格兰的一样，只是最后加的不是牛奶和忌廉，而是西红柿，所以煮出来的汤是红色的，材料上亦加了青灯笼椒，汤底用鱼熬出来。

罗得岛葡萄牙式蚬周打（Rhode Island Portuguese Style Clam Chowder）不用培根，以橄榄代替，下大量的香肠和红灯笼椒。

太平洋西北鲑鱼周打（Pacific North West Salmon Chowder）则用的是鲑鱼。

辣椒豆汤

人们常说美国除了汉堡和热狗，没有什么佳肴；但也有例外，辣椒豆汤（Chili Bean & Soup）就能让人吃得上瘾。如果你在得克萨斯州的餐厅菜牌上看到这一道菜，不妨点来试试。

辣椒煮豆（Chili Bean）本来是一道墨西哥菜，但美国人在把墨西哥人赶走后，将这道菜占为己有，而且愈做愈精。

辣椒煮豆没什么大道理，煮起来也不难。先由材料下手：橄榄油、带肥的培根、完全瘦的牛肉碎、洋葱、西红柿、酸奶油、鲜辣椒和辣椒粉，加孜然籽和芫荽籽当香料。当然不能忘记豆。

考究起来，要用墨西哥产的豆，用一种弯的、像腰果的红豆最佳。其实用什么豆都行，只要不是太小的绿豆，它一煮得久就不见了。

用一个中型锅，先下橄榄油，再爆香孜然籽和芫荽籽；若找不到籽，用孜然和芫荽的干叶也行。待油生烟，下培根煎香；取起培根时，再放洋葱碎，煎至金黄。

这时可以下豆、西红柿、酸奶油、鲜辣椒和辣椒粉，猛火炒一炒后加鸡汤或清水，盖上盖煮一小时便大功告成。

至于辣椒豆汤，做得最正宗的餐厅，是位于美国新墨西哥州圣达菲的 Coyote Cafe，汤的正名为塔拉斯坎豆汤（Tarascan Bean Soup）。

塔拉斯坎（Tarascan）的文化渊源很深，塔拉斯坎豆汤也是当地人做得最好的一道菜，被原汁原味保留至今。

先要从难得的材料说起，做这汤要用一种叫作土荆芥（Epazote）的植物，这种植物开的小花，味道比八角和茴香都要强烈。

辣椒则要用瓦哈卡州的烟熏辣椒干（Pasilla de Oaxaca），酱料则用Chipotle，可在墨西哥食材店买到上述食材。

把豆放进一个大锅中，加土荆芥碎、盐和牛至（Oregano）。水要盖住材料，大火煮滚，小火焖一个半小时。

在焗炉中放洋葱、西红柿，焗45分钟。取出，将它们和煮熟的豆放入搅拌机打匀，加Chipotles。用另一个锅把烟熏辣椒干煎熟，取出切碎，将它和芝士碎一起放进锅中，煮熟即成。

第四章

米面粉糕

主食控的快乐

米饭颂

吃西餐时，好的食肆的面包一定是自家炉烤出来，热烘烘地上桌的；飘出的香味，让客人欲罢不能。

我们的米饭，虽然是餐厅自炊的，但人们从来不去注意质量，以为这是填肚子的东西，不足为道。为什么中西文化有那么大的差异？只能解释说，中国人的菜肴太过美味，已经能让人吃饱了，也不必去管米饭的好坏。

其实一碗美好的米饭，才是一餐的终结。这是优良的传统，但很多人不去研究。

似乎也只有日本人继承古风，知道菜归菜，饭归饭，前者只是用来送酒的，到最后来碗饭，加两片渍成黄色的萝卜片，和一碗面豉汤，就此而已，绝对不能花巧，要让人欣赏米的香味，这叫作"食事"。

对于东方人来说，在家里吃饭时，有什么好过那碗热腾腾的饭呢？昔时淋上猪油和酱油的饭，更是天下美味。以暴发户的心态大吃鲍参肚翅之后，也许我们会回归纯朴，来一碗饭吧？

我觉得重新认识米饭的年代已经来到，人们会愈来愈对米饭的质量有所要求，寻求用怎样的米炊出一碗完美的饭。

先用水将米浸泡 20 分钟，然后依照说明书的时间和温度去煮，煮出来的白饭香喷喷、胖嘟嘟、圆圆润润、发出亮光，每一粒饭好像都站了起来，那才是一碗米饭。

日本米也分新米和旧米，一般秋天收割的最佳，储藏了一年的米，香味尽失，购买时得看生产日期。夏天时，可以用中国台湾地区产的莲

米，它是用日本稻种种植出来的，一年两熟，可吃到新米。一年不分四
季产出的泰国香米也好。

　　一个人吃，煮那么一大锅也不是办法，可在卖日本食器的商店买一
个小巧的铁饭锅。将白米浸泡一两小时，加少许水，就那么煮起饭来。
小铁锅下面有个架子，在架子下面点一块酒精制的蜡。蜡燃烧完毕，再
焖10分钟，一人一碗的米饭即成。求变化的，可以在饭煮得半熟时，加
上菇类、栗子、海鲜或肉等，再淋点酱油，便是简单又美好的一餐了。

　　简易的吃法，是在米饭中间挖一个洞，把小白饭鱼干和葱碎填进去，再盖上饭，焖 5 分钟，这样也很美味。来块咸鱼更佳，腐乳也好，一餐很容易解决，只要米饭是香的。

　　人家吃蒸鱼，我则爱用鱼汁来捞饭吃。有东坡肉时，将咸咸甜甜的肉汁淋在饭上，便会不求山珍海味。

　　这时，米饭已不是饭，有了鱼汁、肉汁，已成佳肴。把饭当菜好了，米饭原来也是可以送酒的。

（编者注：图中繁体字为"养百种人的米"。）

现代人吃饭已愈吃愈少，大家有个错误的观念，以为米饭令人发胖。很多人更是不敢去碰米饭，但若他们遇到了面包，则可能照吃不误；牛油更不忌，会涂了又涂。

在这里我们得还米饭一个清白，它是一种纯天然、无害的食品。当然，狂吞又是另一回事，无论吃什么，过量总是不好的。

米饭的吃法千变万化。炒饭是最基本的，印度人的炒饭（Biryani），是把鸡肉或羊肉用米炒过之后，放进一陶钵，用面包团封住，再去焗熟，让肉汁浸入饭内。

意大利人也吃饭，别以为他们总是把牛油和芝士炒得一塌糊涂，在威尼斯附近的产米区，他们会把饭塞在鲤鱼肚中蒸出来。

马来西亚人将香兰叶子撕成长条，编织后结结实实地包着饭，将饭切开来配沙嗲吃，这也是一种很深的文化，和福州人用草绳套来蒸饭有异曲同工之趣。

西班牙人的海鲜饭巴耶雅（Paella）已是他们的国食之一，是用生米加汤炒熟的。他们喜欢吃生硬的饭，这并非东方人能欣赏的。他们放肉、放海鲜，如果巴耶雅做得好，你又吃得惯，会百食不厌。

葡萄牙人把米饭塞在乳猪当中，或加进猪头肉、香肠和内脏之中，再加饭煮成一大锅的大白焓，亦佳。

摩洛哥人用葡萄干、米饭和香炸童子鸡，用一个万用的盖子封住，放入大烤炉之中，这样焖出来的饭是具有代表性的。

中国的海南鸡饭、新疆羊肉手抓饭，以及广东腊味饭，还有虾酱肥腩四川榨菜煲仔饭，都是引人垂涎的美食。

米饭还可被作为甜点，泰国的芒果糯米饭便是一大代表。

我一生吃过不少种米饭，如果选出最佳品种，还是日本山形县的一种叫"艳姬"（Tsuya Hime）的大米。中国台湾的蓬莱米也不错，泰国香米我也常吃。印度的巴斯玛蒂米（Basmati）煮起来粗度不变，但长度愈煮愈长，有趣罢了，没什么香味。

至于最美的，倒是中国黑龙江的五常米。这大概是米的原形吧，种子传到日本去了。从前没人留意，是质量不佳之故，当今有心人用回古法种植。这是天下最好的白米之一。

希望米香复活的年代尽快来到，大家多吃几碗吧！

捞面颂

我是个面痴，但是并不喜欢吃汤面。我的至爱，是捞面。

只有吃捞面，才能真正吃出面条的香味、韧度和弹性来。面一浸在汤中，这些就全消失了。

代表捞面的，是虾子捞面。没有什么配料，把面条渌熟①了，拌以浓酱油，撒上虾子，就那么简单。但猪油是不可以缺少的，你到老字号面店，老板都会说："没有猪油，吃什么捞面？"

经过猪油那么一拌，香味扑鼻，面条十分之润滑，口感极佳。当然可加其他配料，像叉烧、猪手、牛腩、炸酱、牛丸、鱼蛋等。

---

① 渌熟，粤语，即把食物煮熟。——编者注

　　说到炸酱，正宗的山东炸酱面也是捞面的一种。黑漆漆的面酱，加上肉丁、洋葱、青瓜，还可以加海参呢。这面让人百食不厌，由山东传到韩国，已成为韩国人的国食。

　　京菜由鲁菜衍生而来，山东炸酱面到了北京，变为北京炸酱面，颜色已没那么黑，味道也逊色得多，不过已成为典型的小食之一。广东人吃过，又把它搬来，叫作"老北京炸酱面"，这时面的颜色变红，也加了大量糖，吃起来又甜又咸，还带点酸，味道独特。

　　广东的捞面，上面铺了几粒云吞、两三根菜心，并无叉烧。想吃的人可以点叉烧捞面，因为叉烧是半肥瘦的，肥的部分烧过之后发焦，看到黑色才好吃。

　　捞面不只从广东传到香港，也走出国门，去了南洋。这时的叉烧表面全红，是染色染出来的，肉也全瘦，切片后只见红与白，没有黑色的烧焦部分。全瘦的叉烧，用粤语来说很"柴"，口感粗糙，并不柔软，但也有它独特的味道，吃久了会上瘾。

　　南洋干捞面用的只是几片叉烧和几根菜心。那里天气热，种出来的蔬菜不甜且韧，但有独特的口味。酱料之中有西红柿酱、辣椒酱和带甜味的浓黑酱油，当然也要加猪油，还要加点醋，拌起来十分可口，尤其是在面中咬到的猪油渣。

　　汤是用小碗另上的，里面有几粒馅少、皮薄的云吞。汤是用大量江鱼仔和猪骨煲出来的，味道也不逊中国香港的。酱油碟中，有用醋浸出来的绿色辣椒片，又甜、又酸、又辣，很刺激。

　　但并非每一档的南洋干捞面都好吃，尤其在新加坡，猪油和猪油渣因为客人注重健康而消失。当今的面档又多数是由一些新来的中国移民者经营的，原店主教了他们三天，就把档口兑出去，面就其有形而没其味了。

要吃口味正宗的南洋干捞面，还得跑去马来西亚。固执的老华侨小贩捍卫着他们的老本行，死守住猪油和猪油渣，每一碗面都有平均水平。

泰国街边卖的，也是一种干捞面。只要向小贩说"Bamee Heang"，他就会给你一碟干捞面。他们的面条碱水下得极重，一渌全锅汤就变黄色。面熟后捞入碗，下大量的配料：肉类、鱼饼、鱼丸、炸云吞、猪油渣、芫荽和葱，吃时从五味架上舀辣椒粉、醋、糖、鱼露和朝天椒，酸甜苦辣味俱全。

日本人卖的拉面，也都是带汤的。如果想吃干捞面，有种叫"Tsukemen"的，是把面煮熟后捞起，另上一小碗酱汁，给客人蘸着吃的，并不特别。最像干捞面的反而是夏天吃的凉面，配料有火腿丝、蛋丝、假蟹肉、青瓜丝等，面煮熟后涮过冰水，吃时拌以大量的黄色芥末，加带甜味的酱料。天热时，这也是非常对味的。

中国澳门的干捞面很普通，但他们的面条不放碱水，并不弹牙。捞起来的面，味道全靠澳门特制的带甜味的黑酱油，所有面店都用它。

最好吃的面家叫"祥记"，氹仔岛的"迭记"咖喱面也不错。澳门的咖喱有独特的辣味，十分呛人，当然捞出来的面还是要淋上猪油的。

没有猪油，的确做不好捞面，其实上海人的葱油拌面也是捞面的一种，把长葱用猪油爆香后，剩下的油可被用来拌面。当今为了健康，很多上海馆子都不用猪油了，葱油拌面完全失色。如果还想有一点味道，就叫一碟红烧元蹄，再来一碗干捞面，把碟中的油隔出来拌面，聊胜于无。

捞面一般只会采用新鲜面条来做。把晒干的面团发水后再渌，就没味道了，你到车仔面档一吃就知。

买不到新鲜的面，也千万别用市场中的干面团，买意大利人做的好了。不知为何，他们的面条或面团，所用技术高超，能还原得和新鲜面一模一样。意大利名厨，也不赞成吃新鲜面。

其实所谓的意粉，也就是干捞面的一种。近来我自己在家里做捞面，经常买统一出的好劲道天禧面线，将面凉个两三分钟即成，和新鲜的差不了多少。

不然就用意大利 Nosari 牌的天使面团或 Tartnf Lange 牌的面条，是全蛋面，口感及香味与新鲜的云吞面一样，也只需要凉三四分钟。

碗中下橄榄油、黑松露酱，捞一捞面，再下"天丁老抽"，就是一份丰富的午餐。要豪华，就去中国香港上环街市旁边的"成隆行"买一罐"秃黄油"——用公蟹、母蟹的膏，再以蟹壳榨成汁，猪油炒成。秃黄油加意大利老醋拌成的捞面，可以说天下无双。

炒饭的艺术

有身份而不必自己做饭的人、对厨艺一点兴趣也没有的人，请不必看下去了。这篇文章读了无益。

通常会自己弄几道菜的人，要是不会做炒饭的话，真是该打。

炒饭，是烹调菜谱之中最基本的一道，但是要炒一碟能称得上好吃的炒饭，是最难的。

什么叫好吃和不好吃呢？看一眼即知。

先把蛋煎熟，再混入饭中的，这已经不及格了，因为把这两种东西分开，炒出来的饭就不够香了。

炒饭的最高境界在于炒得蛋包住米粒，呈金黄色。要达到这个效果，先得下油，待热得冒烟，倒入隔夜饭，炒至米粒在镬中跳跃，才打蛋进去。蛋不能事先打好，要整个下，再以镬铲铲之，就能达到蛋包饭的效果，给蛋白包住的呈银，蛋黄包住的呈金。两者混杂，煞是好看。

为什么要用隔夜饭？米粒冷却之后才能分开，刚蒸熟的米饭会黏成一团，不容易粒粒都照顾到。

至于用什么米来做炒饭呢？中国台湾的蓬莱米和日本米虽然肥肥胖胖，但黏性极强，不是上选，普通米最佳，泰国香米是我最喜欢用的材料。

配料应该是冰箱里有什么就用什么，不必苛求。爆香小红葱（广东人叫干葱），已很不错；用洋葱来代替也行，不过要切粒，爆至微焦才甜。

基本上所有的配料都应切粒，颗粒只能比米粒大两三倍，才不喧宾夺主。加上一条切粒腊肠，炒饭即起变化，腊肠是炒饭的最佳拍档。

有点虾更好，冷冻的固佳，但新鲜游水虾白灼之后，切粒炒之是正途。绝对不能用养殖的，养殖的虾虾味太逊。

金华火腿切粒也是好配料，但先得将它蒸熟。随便加一点儿，就用西洋培根代替，爆脆后放在一边待用。没有这两种，也可用叉烧粒入饭。

日本人做中华料理中的炒饭，喜欢加豌豆，一粒粒圆圆绿绿的，扮相虽好，但味道差。蔬菜之中和炒饭配搭得最好的是芥蓝，将芥蓝干切片，叶子切丝，并炒之。夏日时节中，用芥菜好了，芥菜任何时候吃都美味，蔬菜不甜略带点苦味，更似人生的滋味。

　　豪华奢侈起来，可用螃蟹肉来代替鲜虾，蒸好螃蟹并拆肉备用。蒸螃蟹时可以在水中下点醋，这样肉熟了也不会酸，拆肉也容易得多。当然，以大闸蟹的膏来炒饭，更是美妙得很。

　　再追求下去，用云丹（Uni）[①]来炒，会更上一层楼。吃铁板烧的时候，最后大师傅一定来碟炒饭，这时请他来一盒海胆，他会嗖的一声将海胆铺在饭上，兜炒几下即成。

　　调味方面，材料丰富的话撒点盐就是。但是单单用一味小红葱炒饭，就要借助鱼露了，鱼露带腥，可避免味道太过寡淡，对烹饪失败的菜有起死回生的作用。

　　喜欢用蚝油和大量味精的师傅，最要不得。如果要用蚝油，就还不如取虾膏了。虾膏分两种，干的一块块的和湿的瓶装的，前者切成薄片后先用油爆，再以镬铲压碎，混入饭中；后者舀一两茶匙在炒饭上，虾膏永远惹味，可用它取巧。

　　上桌之前撒不撒胡椒？这就要看你好不好此物，我放胡椒是在用蛋包米粒的阶段。

　　做炒饭不能死守一法，太单调，便失去乐趣，我虽然很反对所谓的融合菜，但是求变化时，在炒饭的上碟阶段加入伊朗鱼子酱，也是一招。法国鹅肝酱则不好用，它太湿了，要煎过之后用镬铲切粒才行；而且要选最好的，不然吃起来总有一股异味，不过如果就此对鹅肝酱印象极差，以为鹅肝都是难吃的，那么人生又要少一种味觉体验了。

　　以龙虾肉来代替鲜虾也是一种想法，不能采用澳大利亚或波士顿的

---

① 云丹（Uni），日文单词，指海胆或海胆酱。——编者注

龙虾。中国南海的龙虾，肉质才不粗糙。

将香菇浸水后切粒来炒饭也是好吃的，但如果想让菌类派上用场，那么也有法国黑松露菌和意大利白菌的选择。

粤人有一道姜蓉炒饭，一般是把姜切成碎粒，油爆之。这种方法怎么爆也爆不出姜香来，姜蓉炒饭的秘诀在于把姜磨碎之后，包布挤出汁来，而姜汁弃之，只采姜渣，混入米饭中炒，才够香。

某日在菜市场看到新鲜的荷叶，我要回来，烧了姜蓉炒饭，置于荷叶之上。又逢黄油蟹应季，我买了一只，用洗牙齿的喷水器把螃蟹腿上的腋下处喷个干净，再以清水喂一天，冲净肠胃，把螃蟹摆在姜蓉炒饭上，以荷叶包裹，蒸 30 分钟，取出，剪开，香气迫人。

使用贵重的材料都属险招，偶尔使之以补厨艺的不精是可以接受的。这些材料一吃多了就会腻，会起反效果。

返回炒饭的精神：这是一种最简单的充饥烹调法。

但是千万要记住的是用猪油来炒，其他什么粟米油、花生油、橄榄油，都不能烧出一碟好炒饭。爆完猪油后的猪油渣，已是炒饭的最佳配料。

"什么？用猪油？不怕胆固醇吗？"小朋友问。

任何东西偶尔食之，总可放心。而且，讲个笑话，大家都知道胆固醇有好的和坏的："别人吃的，都是坏的；我们吃的，都是好的。"

炒面天下

炒面名声，远不如它的"哥哥"炒饭。扬州炒饭已有人争着去注册商标，没听过有地方大肆宣传自己的炒面好吃的。

我们最熟悉的广东炒面，其实做得最不精彩，比不上云吞汤面。广东人的炒面，与其说是炒，不如说是炸。用油把面团炸了，再炒一个什么肉丝或海鲜之类的菜，满是黏乎乎的芡，将其铺在面上，就叫炒面了。面与配料"离了婚"，二者无关联，并不美味。

早餐，广东人吃豉油皇炒面，没什么配料，下些豆芽而已。面炒得干瘪瘪的，要用白粥来送，怎能称得上好吃？有点名堂的，还是他们的伊面，但伊面以炆取胜，不入煮炒之流。

在京菜和川菜的面中，没有什么闻名的炒面，只听过炸酱面和担担面，它们都是捞拌或水煮制成的。反而在上海出现了"粗炒"，菜名有一个"粗"字，代表面条的粗细。做这道菜的师傅功夫很幼细[1]，炒得非常之出色，尤其是发扬了"浓油赤酱"[2]的传统。当今以植物油炒之，光彩已暗淡。

在中国那么多省份之中，福建的炒面算得上最精彩的了。福建炒面分两大类：白色的和黑色的。前者用鲜鱿、猪肉丝和鸡蛋来炒，加生抽调味，面条炒得非常软熟，是下了高汤来煨的。福建炒面的特色在于懂

---

[1] 幼细，粤语，细小、精细的意思。——编者注

[2] "浓油赤酱"指上海菜油重味浓。——编者注

得上盖，将配料的汤汁逼入面，将二者结合，炒出香甜的面来，这是别的地方的人不懂的烹调艺术。

至于黑色的炒面，着重于加猪油和香浓的老抽，配料以猪肉为主，也下点海鲜，但如果加入大量的猪油渣，咬到之后嘴里香喷喷的，吃过一定上瘾。

面条用的不是在一般市场中能买到的黄色油面，而是切得较粗、有点起角的面，需特别定做。油面呈黄色并非下了蛋，只是加了吃了无害的安全色素罢了。这种面条碱水成分倒是很多，个性强烈、富有弹性，绝非北方不下碱水的白色无味、软绵绵的面条可比。

白色的炒面传到中国台湾，在街头小食摊都能尝到这种传统的美食，味道甚佳；黑色的炒面传到马来西亚吉隆坡，在当地被发扬光大。到茨厂街的"金莲记"去看师傅怎么炒，方法如下。

1. 支起大锅，下猪油、蒜蓉爆香。将面条入锅，一干即淋高汤，让面吸饱；另一厢，把大地鱼烤熟，磨成粉末，撒入面条，一面炒一面撒，这个动作不可间断。

2. 把面条拨开，露出锅底，再下猪油；油一出烟，即放配料进去，有猪肉、虾、鱼片、腊肠片等，当然少不了猪油渣。兜炒一下，材料半生熟时把面盖上，淋黑酱油，混在一起，再下韭菜、高丽菜和豆芽。这时上盖，炆一两分钟。

3. 等汤汁煨入面条，打开盖，再翻炒数下，便大功告成。一碟碟香喷喷的炒面上桌，百食不厌。炒面炒得最拿手的还有从前联邦酒店对面的那一个大排档，叫"流口水"，可惜已不存在了。

当然，南洋还有用新鲜的血蚶来炒面的，但多数与河粉一起炒，已不完全算是炒面，在此不提方法了。

到南洋来的很多是福建人，所以炒面也成为当地食物文化重要的一部分，印度尼西亚人和马来西亚人都叫面条为"Mee"，从发音上可知这不是他们原有的词汇。印度尼西亚炒面炒得很出色，与他们的炒饭同样成为国际酒店中必有的一道菜。

我去了印度，发觉当地并没有炒面，但是移民到南洋来的印度人却爱上了炒面，他们有一套独特的做法。

将面条炒熟，淋上红色的咖喱酱，配料则有由羊骨边削出的碎肉、西红柿、马铃薯、豆芽等，有时也加个鸡蛋；炒时用镶铲把面条切断，发出叮叮当当的声音；炒成的面味道不错，很特别。

制面的技术传到了韩国便断掉了。他们制面不用面粉，而是用马铃薯粉，面非常韧硬，做成冷面吃很流行，但多是做成汤面，没有用炒的。

面传到了日本，日本人用荞麦粉当原料，做成了他们的荞麦面；用面粉做的拉面，只是在近几十年内才流行起来。一般的中华料理店中也卖炒面，和广东人做的一样，先炸过，再淋厚芡，弄得一塌糊涂。如果你要吃福建炒面，那么一定得向侍者说要"炒软面"（Yawarakai Yaki Soba）。他们用大量的豆芽和高丽菜来炒，猪肉下得很少。吃时下一小匙黄色的芥末，面虽无甚味道，但芥末攻鼻 [1]，给人留下深刻的印象。

面条由马可·波罗带到欧洲，于是意粉流行起来，但它也不是炒面，只是将面渌熟后拌肉酱罢了。西餐中基本无炒面出现，唯一的例外是意大利人的炒面，他们用的竟然不是一个锅。

意大利人会把面渌个半生熟，在另一厢中，将一块大如砧板的芝士中间挖得凹进去，像一个镬，将热面放入其中兜炒，芝士化开，混入面条。这种炒面，的确有它的巧妙之处。

我们在家里，汤面吃厌了，也可以自己炒面来吃。其实做法并不复杂，买点油面回来，家中吃剩了什么菜，都能被当作配料来炒面。

秘诀在于把面条炒得有味道，我的方法是开一罐"史云生"鸡汤备用，面一炒干就可以下汤，也可以打一两个生鸡蛋下去，让面条柔软。记得要勤快，不断翻炒，这样面条才不会结成一团。如果不习惯用镬铲，那么拿长筷子来炒好了。多练习几次，一碟香喷喷的炒面就会呈现在你眼前，不会失败的。

---

① 攻鼻指气味冲鼻、呛鼻。——编者注

烧卖

友人要在广州开一间点心专门店，叫我去试试他心仪的那位厨师的手艺。

餐厅开在大酒店里面，上桌的蒸笼里，有兔子形的、刺猬样子的种种虾饺，味道还可以，最后我点了一笼烧卖。

翌日，约友人在"白天鹅"，吃过丘师傅做的烧卖之后，友人不作声，他知道了我的答案。虾饺和烧卖，是点心中最基本的两种小吃，做得不好的话，别的便不必试了，我还带友人去见一位传统点心的老手，叫何世晃。

何先生不但精通烹调，还喜欢作诗，在《粤点诗集八十首》一书中，关于烧卖，他写道：

"纤腰细摆面带红，玉洁肤娇乳交融；烧卖原为北风道，喜临南粤情意浓。"

可见烧卖是外来食物，北方人多包糯米之类；来到了富庶的南方，馅中才加了肉。^① 至于外形的"细腰"，是在制作时在中央以指一捏，正宗的烧卖并非又圆又直的。上面铺的红色东西，应是螃蟹的膏，但平民化时，用人工蟹黄也是可以接受的。

猪肉的肥瘦，比例应该是七分半瘦，二分半肥，用手切成长度为 0.6 厘米，或 0.7 厘米的方丁。这有多大？不会用尺去量吧？形象一点，切

---

① 此处疑有误，一般认为糯米烧麦是江苏省名吃。——编者注

成黄豆一般的就是，千万不可用机器磨。

肉丁除了食盐，不加任何调味品，顺着一个方向拼命打匀，直到馅料变得黏手，这时可以放些葱白和油。

用的油也有讲究，用大地鱼慢火浸炸后剩下的油才香。

烧卖顶上的蟹黄，是天然的高级食材。人造蟹黄无可厚非，制作过程是用鸡蛋、生油及柠檬黄、玫瑰红等对人体无害的色素，拌匀后烹熟铺上。

当今滥用的所谓蟹子，其实是飞鱼子，被当成日本高级货，染得通红，放在烧卖上蒸出来后，会褪色成暧昧的粉红。我一看就倒胃，宁愿选用人工蟹黄。

烧麦的体积有如一颗青柠，在美加唐人街吃到的烧卖，有番荔枝般大，可掷死人了。

虾饺

烧卖从北方传下，虾饺可应该是南粤[①]独有的了。何世晃在他的诗中形容："倒扇罗帏蝉透衣，嫣红浅笑半含痴；细尝顿感流香液，不枉岭南独一枝。"

---

① 南粤是广东省的别称。——编者注

如果查其出处，虾饺是 19 世纪末、20 世纪初由广州五凤村的村民首创的。五凤村是河涌交错处，有很多鱼虾，当地人把最新鲜的虾剥壳后包上米粉皮，做出洁白清爽的虾饺来。

做虾饺用的应当是河虾，河虾最为鲜美，这点上海人早已知道。当今茶楼往往以海虾代替，而且不懂得选小尾的，会包出又肿又大的虾饺，令人一看就倒胃口。

虾饺大小像核桃，形状如弯梳，故有倒扇之称；至于有多少层折叠，并不重要；最要紧的是皮要薄。皮一厚，也令人反感；不透明、颜色混浊，更是致命伤，看见了不吃也罢。

虾饺皮的制作技法，说起来像一匹布那么长。先要把生粉过筛，加盐后放入不锈钢或铁盘等易传热容器，加 100 摄氏度的沸水，迅速用棍棒搅匀，这样的粉团有专用名词，叫澄面。

澄面加猪油搓揉，这很重要，不管你怕不怕胆固醇，也得用。用植物油的话，香味尽失，不如去吃叉烧包。

取一小团澄面，用中国厨刀的背一压一搓，薄皮即成。这种手法，练习多次后一定能学会。

馅的制法是将河虾洗净，用干布吸水，平刀压烂，加上在水里煲一煲的红萝卜丝和贡菜丝，一起打成胶，再放猪油搅拌，放入冰箱冷冻。待馅的油脂凝固，便可包虾饺了。

秘诀在于做澄面时，滚水的分量一定要算准，若在太稠时中途加水，就失败了；容器应选用易传热的，可利用余温把澄面焗熟。

蒸多久？要看炉的大小，一般，水滚开后放入蒸笼，3 分钟即熟。练习数次，便能掌握。请记得，做虾饺等点心全靠花心思，动手一做，便会发现简单得很。

怀旧大包

本来想讲广东的三大点心：虾蛟、烧卖和叉烧包，但最后还是决定写怀旧大包。

大包，已没人做了，故冠上怀旧二字。此名也被当成俚语，"卖大包——任人抄"，是大做人情、不计工本的意思。

当今还能在中国香港地区吃到大包。较为正宗的大包，只有在北角和旺角那两家"凤城酒家"的姊妹店里能吃到。陆羽茶室里的大包也罕见，因为吃一个就饱，做不成生意。

大小有标准吗？许多大包都不够大，应该是蒸四粒虾蛟、烧卖的蒸笼装得进一个的，才有资格叫大包。

馅的内容有没有规定？原则上应有鸡球、鸡蛋和叉烧这三样主要的材料，故旧时也叫它三星大包。

也有传说是酒楼当晚吃剩下什么，翌日便剁成馅，但当今的这三种主要食材，都不是什么贵货，也不必用隔夜菜吧。

其他的，随意加上好了，通常有腊肠、腊肉、咸蛋黄、冬菇、火鸭。有些茶楼的大包，是名副其实地"任人抄"，加上鲍鱼、鱼翅、鱼唇和鹅肝酱等，已不平民化，失去了本来的意义。

自己做难吗？难！难在做大包的皮。做此皮和做叉烧包的皮原理一样，先得发面粉，将面粉过筛，加清水，还要放发酵粉之类的东西，将其做成"面种"①。

　　揉拌面种至柔滑，在室温中发酵七八个钟，看天气增减时间。接下来的步骤最难控制，得加碱水，放碱水的分量全凭经验，然后放白糖，再搓揉。又得再加干面粉，揉匀过程中添少许清水，让面团更加绵软顺滑。

　　将大包的皮分件，用木棍压平，包入馅，下面垫上薄的底纸。有时撕不干净，就会吃到纸；不铺纸又会觉得缺了这个步骤，不正宗，甚为纠结。

　　猛火蒸，因包大，至少蒸 15 分钟才能使其熟透。这时香喷喷的大包上桌，看见其个头之大，孩子都会"哇"的一声叫出来。这种味觉和童趣，是汉堡包永远给不了我们的。

包饺子

　　有段时期，大家闲在家里发闷，我倒是东摸摸西摸摸，有许多事可做，甚至嫌时间不够用。其中消磨时间的方法之一，便是包饺子。对我来说，包饺子包括了包云吞、包葱油饼、包小笼包、包意大利小饺子等，数之不尽，玩之无穷。

---

① 面种也称老面、面肥、酵子等。——编者注

一般应该从擀皮开始，我知道用粗棍子把皮的边缘压薄一半，合起来之后边缘才是一张皮的厚度，煮完热度刚好；但我这个人粗暴，性子又急，不介意买现成的皮来包。

到菜市场的面摊去买，花 5 元、10 元，就可以买到一叠面皮，拿回家就可以开始制馅了。自己做有个好处，就是喜欢什么做什么，超市买来的冷冻品，永远不能满足自己的口味。

主要的食材是肉碎，去肉贩处买肥多于瘦的猪肉，包起来才又滑又香，加上切细的韭菜或葱，就可以开始包了。我要求口感的变化，会加入拍碎的马蹄、黑木耳丝，这样咬起来才脆脆的，甚为过瘾。若市面上找不到马蹄，可用莲藕代替，只是味道没那么甜而已。最后添大量被拍扁、切碎的大蒜。

调味品通常有盐，没有信心的人可加味精，骗自己则撒鸡精，其实也是味精。我不知道为什么大家对味精那么害怕，它最初只不过是从海草里提炼出来的东西，不撒太多也应该不会让人口渴，但我做菜时在心理上总是觉得这样太取巧，自己是不加的。我甚至连盐也不撒，打开一罐天津冬菜，即可将其混入肉，也已够味。

各种食材要混得均匀，戴个塑料透明手套搓捏，我觉得又不是打什么牛肉丸，不必摔了又摔，食材不烂糊，带点原形更佳。

怎么包呢？我年轻时在韩国首尔旅行，首次吃水饺。住在那里的山东人教我，往皮的边缘涂些水，双手一捏，就是一只。当然折边更美，如果再要求美观，网上有许多短片，教你五花八门的包法。

我嫌烦，包给亲友吃还可以多花工夫，自己吃随便一点，最快的还是买一个意大利的饺子夹，放入皮，加馅，就那么一夹，即成。

这是包饺子专用的小工具，云吞的话还是手包方便，看到云吞面铺的师傅拿一根扁头的竹匙，一手拿皮，一手舀馅，就那么一捏，就是一只，但自己永远学不会。

我当然喜欢北方的荠菜羊肉饺，也学上海人包香椿，但我要有变化才过瘾，只有肉还是单调，最好加海鲜，通常我包的饺子一定有些虾肉，也不必学老广（广州人）一定要用河虾，海虾也行，虾太大的话，也可以把它拍碎来包馅。

如果在菜市场看到海肠，我也会买来加进馅里。青岛人最喜欢用海肠做馅，不然就用海参、海蛎、海胆，什么海鲜都可以拿来包。我有时豪华一点，还用地中海红虾呢。

在日本，不常见水煮的饺子，日本人的所谓饺子，就是锅贴而已，用大量的包菜，下大量的蒜头。他们的馅就那么简单，所以人们吃完饺子口气很重。

到拉面店去叫饺子，不够咸，但店里是不供应酱油的，只有醋。说到这里，我是一个总不吃醋的人，所以在拉面店很少叫饺子，我最多点意大利陈醋，它带甜，还可以吃得下去。

饺子传到意大利后，做法也变化无穷，最成功的是意大利人的小云吞（Tortellini），一只只像纽扣那么大，我们怎么做都无法做得像他们的那么小；味道可也真不错，如果你爱吃芝士的话。工夫花多了，卖价也是我们的水饺的好几倍。

他们怎么包呢？先擀好一层皮，用只带齿的小轮把皮切成方块，再把馅一点一点放在上面，卷成长条，再把左右一卷，沾了水，贴起来，即成，样子与我们包的一模一样。意大利妈妈才肯下那么多工夫，经过三星大厨一包，更让所谓的食家惊艳。我认为这种饺子不值得推崇，偶尔食之则可。

水饺、锅贴都应该是平民化的食物，没什么了不起的，填满肚子就是，有些北方人还不经咀嚼，一下子吞入，吃个 50 只面不改色。

拜超市所赐，当今水饺已是一包包冷冻了卖的；煮起来也方便，不必化冰，就那么直接抛进滚水中就行，用三碗煮法：水沸，下一小碗冷水；再沸时下另一碗；三沸，下第三碗；第四次水滚时，水饺就熟了。

我们自己包，吃不完也可以把它放在冰格中，视自己的食量而定。云吞的话，我可以吃 20 只左右；水饺皮厚，我只能吃 8 只，每次选 8 只分开包进塑料袋，丢入冰格即可。

买了那个意大利的饺子夹之后，我一有空就包。本来想按照丁雄泉先生的做法，下大量长葱，包成山东大包那种巨型食物，但是用饺子夹就只能包小的，长葱也用不上，可以改用青葱。将葱切好后，拌以大蒜碎，撒点盐和味精，其他什么都不加。一个个包好后，吃时把平底锅加热，下油；一排一排地放入锅，加点面粉、水在锅底，上盖，煎至底部微焦时起镬。一排排的葱油锅贴上桌，好吃又漂亮，你有空时不妨做做看。

鱼饭

鱼饭，听名字真奇怪。怎么有鱼，又有饭？鱼能当饭吃吗？

生米炊成的是白米饭，把活鱼煮熟，便是鱼饭了。这是老潮州人的叫法，年轻一辈也不懂。

这是一种文化，源自渔夫半夜出海时，会在小艇中生一火炉，煮滚一锅海水，捕到鱼后将其活生生地投入沸水，煮熟捞起，用一个圆形的竹箩盛着，一大早拿去市场贩卖。这种鱼饭，竟然在炎热的夏天，不经冷藏，保存一两天，还是那么新鲜，因为盐是最基本的防腐剂。

在中国香港，这种文化正在消失，做鱼饭的，数不出五家人。

九龙城的"元合"，从前藏在贾炳达道的一条小巷子中，制作鱼饭后，将其拿到街上的小档口出售，后来移到衙前塱道。老的一家约满，当今搬去街尾七十二号新开张的，铺头宽大了许多，又卫生又干净，真是不可多得的生意。

至于卖的是什么鱼？也不一定。当天从批发商处看到什么鱼最新鲜，就制作什么鱼饭，淡水的乌头鱼则长年供应。

如果你不是潮州人，又不明白这种吃的文化，看到鱼饭摆在街头，会有点害怕，不知新鲜不新鲜。但这个延续数千年的吃法，从来都没人吃出毛病，你又紧张些什么呢？

除了鱼，有时大虾或活的墨斗鱼，也会被做成鱼饭。虾肉鲜甜，又弹牙；墨斗鱼并不如想象中的那么硬，切成薄片后非常软熟。

乌头鱼肥美的时候，掀起鳞，全身被黄色的油包围着，非常好吃。虽说鱼已经冷了，但一点也不腥，尤其是蘸了普宁豆酱的话，更是一绝。

鱼和酸性的东西也配合得极佳，连西方人也懂得挤大量柠檬汁下去。潮州鱼饭，也可以蘸蒜泥醋吃。

潮州更有一种传统，那就是用橘油来蘸海鲜。橘油不仅酸，也很甜。用甜甜酸酸的橘油和龙虾一齐吃，简直是仙人的吃法，我这个"潮州人"没骗你。你试试看就知道了。

羊肉焗饭

焗饭（Biryani）是印度饭的一种煮法，把肉和米混合后置于砂煲中，再放入焗炉烹调出来。羊肉焗饭（Lamb Biryani）最受国际旅游人士的欢迎，因为有米饭，东方人更感亲切。不吃羊的话，用同样做法，加鸡肉或牛肉也可以，只要在 Biryani 之前加个 Chicken 或 Beef 就是了。

羊肉的事先腌制和烹调的方法是改良过的，最原始的做法只是用生米和生肉，但是为了令饭的味道更浓，我们要将羊肉切成块状，加姜丝、大蒜瓣、辣椒粉、姜黄粉、薄荷叶和芫荽来腌渍过夜，当然不能缺少葛拉姆马萨拉（Garam Masala）。

葛拉姆马萨拉是热辣香料的混合粉，把小豆蔻（Cardamom）豆荚中的籽拿掉，便可以加印度月桂树叶、黑胡椒、小茴香籽、芫荽籽、肉桂和丁香，磨出粉末来。如果不自制，可在市场中买到现成的。

这时可以准备米了，最好是用印度香米（Basmati）或长条的野米。如果找不到，只能以丝苗米代替，中国台湾的蓬莱米或日本大米是不适用的。

把米洗至水清，取出，用布把米粒吸干，混洋葱碎和盐，备用。

在另一个大锅下植物油和牛油，下洋葱煎至金黄。这时把羊肉取出，留下腌汁等一下用。把羊肉爆香，再加大量洋葱、奶酪和腌汁，煮半小时以上，煮至肉柔软。

另一个锅中下米，倒滚水至盖上米粒，煮个 5 分钟左右。把半生的米取出，转移到砂煲，再将羊肉混入。

另一厢，准备了藏红花，将其浸在牛奶里面，牛奶着色后倒在米上。

这时就可以把水混进面粉中，搓成一长条面包来封住砂煲的盖子了。

把整个砂煲放进焗炉中焗个 40 分钟，就大功告成。吃时把封盖的面包拆掉，香喷喷的羊肉焗饭就会出现在你面前。

如果焗炉不够大，可以用一小盅去焗，一小盅放一块羊肉，同样以小条的面包封盖。盅可以用银制或铜制的，但土制的小盅焗出来的饭最香。这道菜吃起来无所谓新不新鲜，可以将其做好备用，要吃时再焗热就是。

椰浆饭

马来西亚人的食量不大，他们的早餐通常是一个用香蕉叶裹住的椰浆饭（Nasi Lemak），分量只有中国香港人饭盒的 1/3 罢了。

打开香蕉叶，看到一小团白饭，铺着一撮辣酱，饭的周围有半个白焓熟鸡蛋、一些炸酥的小江鱼和花生粒，还有几片黄瓜，仅此而已。

别小看那撮辣酱，它是整包饭的灵魂。试一口，太甜、太咸或太辣，都是致命伤。发现味道不佳的话，那包饭就别吃了。

当然，煮椰浆饭也有些基本的规则：用大饭锅或电饭煲都行，米最好是泰国米，用瘦小的丝苗米最好，肥胖的日本米、中国台湾米也可用，但已算是一种混合料理了。

将生米浸水两小时，捞出，沥干水分，备用。另一厢，买硬壳椰子，刨丝，用布包起，挤出新鲜椰浆来。在外国找不到椰子，只能以罐头椰浆代替，但味道要逊色得多。

把白米放入电饭煲，加一束香兰叶和盐，煲半小时。待饭熟，才加椰浆进去。切记椰浆不可和生米一块煮，椰浆一滚开，椰油就全从椰浆里出来，破坏味道。椰浆只能在把饭炊干时才下，多炊 20 分钟即可。

有些人为了令饭更香，就用椰油去爆红葱头碎，爆至金黄；待饭熟，将其拌入。

有灵魂的辣椒酱的材料有大蒜、红葱头、虾酱（Belacan，与中国香港人印象中的马来盏并不相同，像虾膏）、红辣椒（嗜辣者可用朝天椒）、洋葱、炸香的江鱼仔、罗望子汁、糖和油。

把以上材料舂碎，用油爆香，罗望子汁最后才下。有些人也不舂江鱼仔，留着其原形掺在辣酱之内。

把辣椒酱放在饭上面，另外的炸江鱼仔、花生、鸡蛋、黄瓜片被伴在饭一旁，用香蕉叶把它们包起来便大功告成。不想辣椒酱渗入饭中的话，可用一小片香蕉叶隔开。

代替江鱼仔的，是炸慈鱼。辣椒酱中的江鱼仔则不可不用。

豪华版的配料，可以加鸡肉、羊肉、牛肉，你喜欢加什么就加什么，但椰浆饭是不变的。

十五夜

　　十五夜（Lontong）基本上是一种饭团。把碎米浸水过夜，炊熟后用香蕉叶包起来，需绑扎得极紧，让饭团被捆成一个圆形的长条。

　　饭团的做法很多，用叶子来包，是早期没有冰箱时的防腐方法之一。以椰子叶包成四方形的椰浆饭，是吃沙嗲时不可缺少的，和十五夜异曲同工。

　　印度尼西亚华侨极喜十五夜，将之演变为用汤汁来煮，通常在农历十五晚上吃，故叫 Lontong-Chap-Goh-Mei，（Lontong 后那几个词，连起来是福建话的"十五夜"，因印度尼西亚的华侨多数是闽南人）。

　　至于汤汁是怎么做的呢？先从原料说起：椰汁煮鸡、高丽菜、巴东牛肉（辣酱焖牛肉）、辣椒干、炸豆腐、煎蛋饼或白焓熟蛋、小黄豆、花生、豆角、酸仔（酸豆）、柠檬叶、红葱头、大蒜、香茅和虾米。

　　先在锅中爆香蒜蓉，加红葱头、辣椒干、酸仔、柠檬叶、香茅炒一炒。不可炒得太久，否则颜色会愈来愈黑。最重要的是爆虾米，先要把虾米舂碎，这样才更香。

　　这时，可以慢慢地把椰浆倒进去煮，但一定要记得不能滚开。椰浆一滚开，椰油尽去，味道十分令人讨厌。

　　汤太浓了可以加一点点水，这时放进高丽菜和豆角，煮至熟。最后，也是煮这道菜的秘方，是加一块豆腐乳进去弄咸，再加点糖提味。

　　汤汁制成，就可以加饭团进去，长形的圆饭团可切成一半，最后才半寸宽切开，略煮一下，入味即止，大功告成。

　　十五夜在任何印度尼西亚餐厅中都有出售，在家庭中也被当成便饭，非常流行。吃时不够菜，可以加一碟巴东牛肉，或与沙嗲一起进食。

十五夜传到马来西亚，就把代表"十五夜"的那三个词省略了，只叫 Lontong，它也成了马来西亚人十分喜爱的食物。

其实十五夜非常之清淡，嗜辣者会觉得味道不足。这时可加大量的印度尼西亚或马来西亚的辣酱，叫作 Sambal。这道辣椒酱的灵魂在于虾米和红葱头，缺一不可。

十五夜菜名浪漫，虽不是很美味的地道食物，但一叫其名，众人皆想一试。

印度尼西亚炒饭

在印度尼亚酒店，印度尼西亚炒饭（Nasi Goreng）是必有的一道菜，当今已被国际旅行人士所接受了，但做得正宗的地方并不多。

这道菜用的并非肥胖的白米，而是又细又长的丝苗米。所谓"过夜才好吃"，只是要米饭干一点。刚炊出来的饭太软又太湿，容易黏于锅底，难于炒得好罢了。但高手可以用热锅先将米饭炒干，这对他们来说不是问题。

炒饭用蛋的方式有两种。一种是将蛋混在米粒之中，把米粒包得金黄；另一种是先把蛋煎熟了，再混入饭中去炒。印度尼西亚炒饭用的是后者。

印度尼西亚吃猪肉的地方不少，像巴厘岛的人就吃猪肉，所以印度尼西亚炒饭中有猪肉，一点也不出奇。但我们做印度尼西亚炒饭时还是只选鸡肉、牛肉和虾，将以上配料切丁或切丝备用。

我们要制些浓酱。把红辣椒、大蒜和红葱头放在石臼中舂碎。葱和大蒜有水分，不必加水，但也有些人喜欢加罗望子或青柠汁。

以这浓酱去爆香鸡、牛和虾，用的油是椰油或花生油，印度尼西亚人很看重椰油，要做得正宗，就要避免用粟米油和其他植物油，猪油更是禁忌。

这时再加点油，就可以把饭放进锅中炒了。火力要猛，要勤力翻兜，才能把饭炒得香。最主要的是把配料中的水分炒干了，才能下黑酱油。有些人不用黑酱油而下西红柿酱来代替，这是违反原则的。

黑酱油的味道受了华侨口味的影响，多数又浓又厚而且带甜味。如果在外国做印度尼西亚炒饭，至少也要从印度尼西亚购买黑酱油，牌子叫 Kecap Bango，商标上画有一只大鹭鸶。这是家从一开始就专门制造酱油的老店。

总之，黑酱油是印度尼西亚炒饭的灵魂，没有它的印度尼西亚炒饭就像新加坡的海南鸡饭，后者没有海南酱油。

下了黑酱油再兜炒至干就大功告成了。上桌前可以在饭上铺刚炸好的红葱丝，再撒些芫荽。酒店为了卖高价，有时也煎一个鸡蛋并奉送两支沙嗲。其实有没有这些不要紧，要用印度尼西亚的黑酱油来炒，这才是最重要的，切记切记。

海南鸡饭

最初，从海南岛去到南洋的苦力们，大家一人出一份钱，合起来买一只鸡，将其煮熟了切开；再炊饭，捏出雪球般大的饭团，每一块鸡配一团饭，分来吃。这便是最早的海南鸡饭（Chicken Rice）。

后来海南鸡饭由小贩叫卖，最后才开店售卖。当然，鸡和饭都愈做愈精致了，成为新加坡的国食。在海南岛，也寻不到那种滋味。

别小看这道菜，新加坡的"文华酒店"以它闻名，入住率也因此而提高。鸡肉在所有肉类之中最没个性；比起猪肉、牛肉、羊肉，鸡肉的味道最淡。但它能打破国界，海南鸡饭也变成了国际名菜，在国际酒店里的亚洲精选菜单中，一定能看到它的名字。

之后，凡是有鸡有饭的，都被叫作海南鸡饭了，所以才出现了"泰式海南鸡饭"。但泰国老早就有相同的吃法，只是不叫这个名字罢了。

基本上，这道菜的鸡应是凉食，饭才是热的。玻璃柜窗中挂的鸡，没有光泽的话，就引不起你的食欲。

涂油不就行吗？是的，油是要涂的，但要看什么时候涂，否则涂后鸡还是干瘪的。海南鸡饭，正式的做法如下。

先用盐和姜烧开一大锅汤，把洗净的鸡放进去，鸡愈多，汤愈甜（所以家中和生意不好的餐厅里弄出来的都逊色）。鸡愈多，上面浮着的那层油愈厚，可以捞起备用。

将鸡煮 15 分钟，捞起，风干；待凉之前，涂上鸡油。这样一来鸡才能一直保持光泽，凉后再涂就无效了。

取净鸡油后，下高丽菜和天津冬菜，就做成一碗上乘的汤了，不必另煮。

鸡油用处最广，先用它来爆香大量的红葱；爆至微焦，就可以把红葱加入生米炊饭，不用水，全用鸡汤和鸡油，炊出来的饭一粒粒发光，香气扑鼻。

把鸡和鸡内脏切开，就能上桌。

吃鸡时要蘸很浓、很甜的海南酱油。在外地做海南鸡饭，酱油的费用绝不能省，一定要从新加坡买来。一旦用老抽代替，则前功尽弃。

另一碟佐料是姜蓉，也要下鸡油。还有的辣椒酱是用鲜红辣椒磨碎的，下醋，更要加鸡油。

严守这些基本的步骤，才能做出有点像样的海南鸡饭来。

鸭饭

鸭饭（Duck with Rice）是最普通的葡萄牙菜之一，到任何葡萄牙餐厅都应该有得吃，做得正不正宗是另一回事。

先烹调鸭。用到的其他材料有长葱、西芹、葡萄牙肉肠（Chorizo）、带肥肉的烟熏培根、黑胡椒和盐。

将鸭去头，除内脏，冲水洗净；用白餐酒、洋芫荽和清水、橘子皮、柠檬皮腌制 3 小时。

将鸭放进一个大锅中，加肉肠、培根、长葱、不磨碎的黑胡椒和盐，小火煮之，一焖就要焖一个半到两小时，具体闷多久视鸭的老幼而定。通常以中鸭为佳。这时鸭也并非全熟，处于半生状态。

取一块牛油，再把几个大蒜拍碎，混在一起打匀。将鸭子从锅里取出，抹上大蒜、牛油。

将准备好的鸭子放进焗炉中，以 190 摄氏度焗至表皮金黄。

焗过的鸭子会有很多油和汁剩在盘底，取出后和洗过的米掺在一起，和做海南鸡饭一样，用长米炊熟，这么一来，饭才会有鸭味和香气。

将鸭子取出，待凉，剥皮拆骨，只剩不是熟透的肉备用。

拿一个椭圆的典型葡萄牙陶钵，把鸭肉铺在最底层，再铺一层薄薄的饭。重复这个过程，一层又一层，直到填满陶钵为止。

最后，将培根切成半英寸厚、长方形的片，以及横切香肠，让它面积愈大愈好，保持椭圆形状，铺在饭上。

香肠和培根要选上等货，别选太咸或肉味太浓的，以免抢去鸭的味道。

将一切准备好，再放进焗炉焗个 10 分钟便能上桌。

这时培根、香肠及鸭肉的味道渗入饭，味道错综复杂，最为正宗。现在一般厨子用法式的油鸭代替整只处理过的鸭子，这是偷工减料，烹调出来的味道一定十分不地道。

这道菜也可以随师傅的意思去变化，用鸡、羊、鱼也行，但培根和肉肠是必要的。有些人不用肉肠，以血肠代之，可以接受。

巴耶雅

巴耶雅（Paella），是一道杂烩饭，外国人对它的印象多是以海鲜为主，但西班牙人也用很多肉去煮。

有的英美人把这道饭念成巴耶拉，其实在以西班牙语为代表的印欧语系中，两个字母 L 连在一起的，都发音为雅。

研究名字来源可以发现，巴耶雅是指一个平底的锅，它由生铁铸成，锅左右分别有一个手柄。在专卖巴耶雅的店里，或在西班牙的传统厨房里，都挂着大大小的铁锅：从两人、三人、四人……到十人左右分量的，常见的有两人合抱那么大的铁锅。

这道饭最主要的食材是米了。通常用野米，先下牛油，把生米炒个半熟，炒时不断加清水。考究的厨师会加鸡汤。

清水或鸡汤中加的是藏红花。藏红花在巴耶雅中占有很重要的位置。没有了它，就煮不出那种粉红色来。有些厨子藏红花下得很多，汤除了颜色深，还能吃出藏红花的香味。

炒米时可加肉类，用鸡肉的人最多，也有加鸭肉的，喜欢加兔肉的人也不少，牛肉倒不常见。

至于海鲜，用的最多的是鱿鱼、八爪鱼；然后是各种鱼，当地捕到什么鱼就用什么，他们会选用大块的鱼并切好，不太用小只的鱼类。虾和蟹也很常用。很独特的是，在华伦西亚地区的人，常用蜗牛下饭。

蔬菜则以洋葱和西红柿为主。

在调味品方面，有匈牙利辣椒粉（Paprika）、盐、胡椒和橄榄油。有时人们也下几粒用盐水泡过的咸橄榄。

至于香料，新鲜的迷迭香（Rosemary）是常下的，也有人加金不换。干的香料则加一点味道很重的孜然，但以海鲜为主时就尽量避免用孜然了。

将生米炒至熟，又要下大量配菜、香料和调味品，巴耶雅看起来容易做，但做得好是不容易的。当然在家里母亲下厨，做得怎么难吃都是美味；到了餐厅，要吃一锅好的巴耶雅，就很难了。

去西班牙当地著名的海鲜馆点巴耶雅，通常有点保证。其他国家的西班牙餐厅，虽然大体都有这道菜，但做得基本上不到位。也许是采用了外国海鲜，味道总不如西班牙的。东方人初尝此菜，也会觉得米粒太硬，吞不下去。

叻沙

叻沙（Laksa）这个名字其实来自波斯语中的 Lakhsha，指润滑的面条。

这种面条传到亚洲，又经新加坡的娘惹与峇峇①改良，代表作出自新加坡加东地区。从前有一家叫 Roxy 的戏院，旁边有数家熟食档，卖叻沙的大排长龙。这家卖叻沙的熟食档消失了，但是这个地区里出现了好

---

① 早期马来西亚人与华人通婚的后代，女性被称为"娘惹"，男性被称为"峇峇"。——编者注

几家，都自称是加东叻沙的老祖宗，我们可以按照它们的做法来研究这道菜。

先要煮一个浓汤，有两种做法：一种是把材料用石臼春碎，另一种是把材料放进搅拌机，加水，打出糊状的酱。我们还是采用前者，因为用了搅拌机，像芫荽籽那种小粒的香料就打不碎，失去了原味。

材料有虾米、虾膏、蒜蓉、石栗果、辣椒、南姜、黄姜、红葱头、盐、糖、芫荽籽和切成细丝的香茅（只用白色部分，春碎备用）。

锅中下椰油，把大量的红葱头爆香（这个过程很重要，南洋食品很多都要靠红葱头的香味），然后就可以把春好的材料放进去爆一爆了。很多名店都把材料放进一个布包，怕秘方被偷去，其实来来去去，也不过这几样，分量怎么配才是最重要的。但这全靠经验，试了几次自然会掌握，而且每一个人的口味都不同。

爆香材料后，就可以下水去煮汤底了，但这汤只完成了一半，要紧的是后来再下的椰浆。

另一厢，将粗米粉灼至七八成熟，这种粗米粉在中国香港地区难找，用濑粉来代替并非不可，只是一点一滴都用替代品，整道菜就会走样。

铺在粉上的食材有半个鸡蛋、鸡肉、切半的中虾、烫熟的豆芽、豆腐干、豆卜①、鱼饼片等。

把椰浆倒入汤底，千万要记得汤不能滚开，否则椰油就会从椰浆中跑出来，味道就怪了。

看到汤开始要发泡的时候，放下粗米粉；再等汤有滚开的趋势时，

① 豆卜即油豆腐、豆腐泡。——编者注

把鱼饼片、豆腐干、豆卜、鸡肉和中虾放进去烫一烫。这时也要烫叻沙的一半灵魂，那就是新鲜的蜊蚶了。如果一碗叻沙没有蜊蚶，那它就已经不合格了。之后捞粉入碗，铺上食材，再淋汤。

最后一个步骤，是把叻沙的另一半灵魂——舂碎的新鲜叻沙叶（Kesum Leaves）放在碗边。叻沙叶的味道不是人人都受得了的，数量可以任意加减。另外任意加减量的是南洋辣酱，它是用虾米和虾膏制成的，还用了一点点舂碎的黄瓜。

以上步骤和食材，少一样都不行。唯有样样齐全，这碗叻沙，才叫正宗叻沙。

牛肉河粉

牛肉河粉（Pho）从前只是越南人的街坊小食，当今已走进世界各大城市。好吃的越南牛肉河粉，一试上瘾，拥有众多的爱好者。

在各地的越南牛肉河粉的招牌中，我们都可以看到一个"Pho"。如果 Ph 是当 F 来发音，那么 Pho 等于 Fo，那么读成"火"[1]了。这个词的越南读法应该是 Fu-Erh 才对，念起来像"佛尔"，而那个"尔"字，音要拉得长一点。

---

[1] 从粤语读音。——编者注

　　尽管我们以越南河粉或 Pho 来叫它，但它的起源是什么？有没有汉字？研究起来，好像是"凤凰"，不知是否正确，有待指教，但是那碗美味的牛肉河粉有这么漂亮的一个名字，也是好的。

　　所有的越南餐馆都有这道菜，但非专门店的话，味道总没那么好。道理很简单，那汤底要用大量的肉和骨来熬才好喝，一大锅一大锅地熬，才能出味。少量的肉和骨做不出这个味道的，所以家庭料理中，"凤凰"不好做。

　　正宗的"凤凰"，汤底基本上要用大量的牛骨，牛大腿部位的牛筒骨可熬出油香，牛背脊的骨头可熬出骨香。加的香料各师各法，像四川的担担面一样每家都不同，但基本上应有花椒、八角、桂皮、小茴香、陈皮、胡椒、整粒的大蒜和大量的洋葱及香茅。另外一个重点是一大块一大块的带油的腩肉和带筋的骨肉。

　　有些人研究，单单下牛骨头还是有腥味，应该下鸡骨一起熬，才算完美。

　　在时间方面，某些人说熬 6 小时，某些人说熬过夜，但主要的是最后上桌的汤要清澈，油和渣都得滤掉才行。

　　至于河粉，有些人用干的去发，但正宗的应该是用新鲜的做的，好与坏的水平相差甚远，怎么才算好吃，那要比较过才知道。

　　最普通的，在粉上铺了生牛肉，倒滚汤将它灼熟。也有人喜欢把熬过汤的肉切片，铺熟肉，或一半生一半熟。豪华的则有牛肉丸、牛肥膏、牛肚、牛肝甚至牛鞭当佐料。

　　正宗的店一定会给你一篮香料，有被中国香港人称为"金不换"或中国台湾人称为"九层塔"的罗勒，更有叻沙叶、薄荷叶、柠檬叶、中国芫荽、墨西哥芫荽、紫苏甚至槟榔叶和鱼腥草，当然也少不了基本的豆芽、柠檬片和红辣椒。

吃时先喝那么一口汤，再加香料，最后加酱，有三种味道。酱料方面，有辣椒酱和海鲜酱及鱼露。

正宗的酱料可买 33 牌或鸡牌（Cock）。鱼露则得买浓度为 60 度的 Hanh Phuc 或 Thuan Hung 牌子的。

肉酱意粉

要做出地道的肉酱意粉（Spaghetti Bolognese），先要了解意大利亚博洛尼亚地区的酱汁（Ragu Bolognese）的做法。

一般人认为用很多西红柿才做得出，但真正地道的，不加生西红柿，只是下了一些西红柿酱罢了。

第一个步骤是烧镬，火不必开太大，用小火就够了，把橄榄油烧热来爆香培根、火腿碎，有些人只用肥猪肉丁代替。

兜炒一下，至培根或肥肉有了香味即可，不必过焦，这时就可以开到中火了。

加红萝卜碎、西芹碎和洋葱碎，炒至洋葱透明，才加牛肉碎进去。牛肉要用瘦的部分，最好是用剁碎的牛柳。

炒至半熟，加鸡汤或牛肉汤、白餐酒和少量的罐头西红柿酱。

把火调小，慢慢煮。可以上盖，但只盖半边，让它透气，煮至汤汁浓厚。

至于要煮多久，全凭你个人喜恶。意大利人通常煮得时间很长，如果酱汁干了，就加牛奶下去，当然要放盐调味。

这时大功告成，但也不可以马上吃，要放入冰箱，老饕们说至少要放 24 小时，但不放那么久也不要紧。最重要的是让它冷却后，把酱上的那层油挖出来丢弃。

吃时再加温，即可。

有些厨子在爆油时会加大蒜，但意大利人大多不加；也有些人喜欢加迷迭香，意大利家庭主妇没那么仔细。

至于意粉，做法千变万化，各有各的说法。通常要按照干面条包装纸上的指示去做，才不会出毛病，切记不可用太小的锅，锅愈大热度愈稳定。

意粉不可太软，要有嚼劲。意大利语的嚼劲（Al Dente）中的 Dente 代表齿，意思当然是要有口感。中国人总嫌它太生、太硬，那么照你的意思去做得软一点吧，但这已不是正宗的意粉的做法了。

上桌前撒不撒罗勒叶或芝士，随便你。

印度饼

像法国面包一样，印度饼的花样诸多。这里介绍几种重要的印度饼，各位到了印度餐厅，也可以用当地语言点一些你喜欢的。

Roti 是印度饼的总称，在星马①的华人和马来西亚人中，至今凡是见到面包，都借用 Roti 一词表达。而另一个常用单词 Chapatty，又叫 Chapatti，和 Roti 的词义是相通的。

印度饼的做法一点也不复杂，但需要基本的工具——一片扁平的圆形厚铁（简称为平底铁），印度人叫作 Tava。买一包叫 Chapatty Flour 的面粉，是做印度饼专用的。在外国，用全麦面粉来代替的话，做出来的饼就会太黏、太滑。印度饼的口感应该像粗糙的面包一样，有点刮舌才正宗。

不用多少克、多少杯来做多少块饼作衡量，一切靠感觉和实验，一次失败，二次就成功，我只把过程写出来。

用料：面粉、盐、水，仅这些而已。

把面粉倒入一个大锅，加水。记得水不可太热，也不能冷，用温水好了。见面粉有黏性，就可以停止加水；太干的话，加多点水；太湿，可加面粉。

双手将其揉捏成团，不断重复，等到凭感觉已经搓匀为止，从大面团中

---

① 星马指的是新加坡和马来西亚。——编者注

分开数个小面团，再搓成圆形，通常比乒乓球大一点就行。

用面棍，把圆团滚扁。若黏手或黏棍，可加些面粉让面团更容易削离。

这时就可以烘了。平底铁可以放在煤气炉上加热。别用手去试温度，只要用手指沾点水，甩在平底铁上，如果见水滴冒烟跳开，就表示平底铁已够热。

平底铁内通常是不放油的，饼只要被摆上去，颜色会由白变得略显金黄。若见饼发气泡，可放心，用铲压平就可以。待有略焦的斑点出现，这时印度饼已经大功告成了。

把饼撕开，蘸咖喱汁吃，或送奶茶吃。印度饼的制造过程十分迅速，让人吃完可以即刻开工，不像炊饭那么麻烦。

比做 Roti 更快的是做挂炉面包（Tandoori Bread）。一般家庭做不了，需要一个很大的挂炉，用搓 Roti 的方法，把饼向挂炉壁一摔，黏住了，一下就胀成一张大饼。最后用铁钩把它勾出来，就可进食了。这种做法和古埃及的相同，到底是谁先发明的，不得而知。

另一种饼叫 Naan，Roti 是不经发酵的，而 Naan 则用酵母。依上述方法搓面团，加酵母，加优格、加印度奶油（Ghee）和盐。捏成团后用湿布盖住，放置三四小时，待面团发胀。

取出面团，压成饼，但不可太薄。将其放进焗炉内两三分钟就可取出。这时面团充满空气，像个小圆枕，将其压扁后扫上掺水的牛油，就可以吃了。

通常，在南洋飞天薄饼叫 Roti Parantha，做飞天薄饼需要技巧，像做意大利薄饼一样，双手不断翻卷，将饼翻到半空。把薄饼折叠起来，一层又一层，变成千层饼，在平底铁上煎。

上桌时，还要用双手左右前后拍它，它才会松化。这种吃法最正宗。撕开来吃，送"拉茶"①。

之所以叫"拉茶"，是因为天气太热，人们不能喝烫口的东西，便用两个水桶，将奶茶装入其中一桶，双手各执其一，此桶倒到彼桶，彼桶倒到此桶；两桶距离愈拉得开，奶茶愈容易冷却。

在做 Naan 的过程中，等面团烤热，发胀成为小圆枕的那个阶段，将其取出，用油炸之，变成像中国人做的煎堆的样子，就叫作 Poori 或 Puri。

如果将它压扁，不让中间有空气，再拿去炸，就是一片片比虾片还要薄的饼，也叫 Puri。它特别香脆，但不太能填饱肚子，在等待菜肴上桌期间咀嚼，聊胜于无。

如果没有平底铁，那么用锅也行。家中常备一包印度饼面粉，如果客人忽然涌来，但你既没有面包，又不想花太长时间去炊饭，那么不妨用上述的方法做几片印度饼充饥，再开瓶罐头来吃。

---

① 拉茶是马来西亚的一种奶茶。——编者注

薄饼吃法

泉州薄饼，最具代表性。泉州曾经为世界最大的海港，为海上丝绸之路的出发点之一。到了元代，泉州更与欧亚非一百多个国家和地区有海上贸易，世界各地的人都成为泉州的居民。

所以泉州薄饼，在基本的五辛之外，还加上了红萝卜的维生素、荷兰豆的叶绿素、生蚝的钙与锌、豆干的蛋白质、浒苔的钾、芫荽的芬芳和花生的营养。

这都是贸易交流的成果。花生来自菲律宾，红萝卜从亚洲西部带来，而荷兰豆也许与荷兰人有关。吃法是把蛋丝、高丽菜、红萝卜、豆芽、韭菜、豆干、芹菜等分别炒好，另放肉丝、花生糖碎、芫荽等各种五颜六色的馅料，将馅料一盘盘装着，任由食者取块薄饼皮——将它们包起来。

这种传统来到台南，就成了台南薄饼，而台北薄饼则是厦门式的：花生粉中没下糖，各种食材炒成一大锅，汤汁淋漓。舀取后，用两只调羹互压，把剩余的汤汁滤干，才不会把皮浸破。南洋薄饼，也继承了这个传统。

但是没有调味，始终不够复杂，南洋人会在皮上涂一茶匙甜酱；又因天热，食欲不佳，所以也涂辣椒酱来刺激胃口。尽管各地相异，但大家都会在薄饼上涂上大量的大蒜蓉，这一点，倒是泉州做法中没有提到的。

豪华起来，可不得了。南洋人除了原本的馅，还要加用猪油爆的红葱头碎、鲜虾、腊肠片、黄瓜丝和螃蟹肉。中国台湾人则加乌鱼子、皇帝豆、炸香的米粉、油饭、蛋酥等，总之能想到的，都得加进去。但有一天弄到加鹅肝酱和鱼子酱，那就是堕落了。

最大的不同，是中国台湾的薄饼下很多糖，南洋人吃起来很不习惯。但你是什么地方的人就适合什么口味，不能互相指责。

快要失传的吃法是，包时留下一个缺口，把汤汁倒进去，馅才润，皮又不破，这应该是最正宗的。

脆饼

在印度南部，脆饼（Dosa）可当午餐、晚餐甚至宵夜。但还是早上吃它，最为流行。

它又叫 Dosai 或 Tosai，传到马来西亚，就被叫成 Thosai 了。把米和扁豆磨成粉，加水制浆，让它发酵一夜。

做脆饼时，家庭用一片扁平的圆形厚铁，下面生火，就可把浆淋在上面，烘烤成饼。店里则用一块平坦的大铁片，一下子做出四五片脆饼来。

盛浆的是一个小铁碗，将其倒扣在铁锅上，即用铁碗减热，放在铁上团团转，就可做出薄饼。饼熟之前加上乳油浆或牛油，掺匀，故熟后可看到圆圈的花纹。浆多了的凸起，就是饼的厚度，而要留一点点厚度让饼更有咬头。

边当然是脆的，折半合起，即成。饼有时会卷成一筒。脆饼可以做得很大，有些直径四五尺①，顶部隆起，像尖帽。

脆饼装在碟上，上桌时还有黄、白、绿三个小铁碗，盛着的是黄的马铃薯咖喱酱和白的椰子酱，以及舂碎薄荷叶混奶油的绿酱。客人手撕脆饼，蘸酱来吃，再加上一杯浓郁的牛奶红茶，即是丰富的一餐。

玛莎拉脆饼（Masala Dosa）则是以马铃薯为馅，迈索尔（Mysore）地区的人通常爱吃洋葱馅，班加罗尔（Bangalore）地区的人则喜加大量的大蒜。

其实脆饼的做法千变万化，添什么都行，最普通的是加一个蛋，或者牛油、奶油，甚至芝士和鸡肉、牛肉等肉类；菠菜、芫荽等蔬菜和香草皆可。有一种叫作 Chow Chow Dosa 的，则是在脆饼里加了中国的黄色油面。

制浆也不一定用米和豆，其他五谷类都能派上用场。当今所有基本食材都大量生产，混好的米和豆粉可买现成的，混水即煎。另有烘烤好的即食脆饼，在印度杂货店中是能找到的。

用同样的原料，在锅中蒸的话，就叫作松软发糕（Idlis）了。这是有闲的人吃的早餐，剩下的浆，才做成普通老百姓吃的脆饼。

印度人口多，要以最简单、最便捷的方法来做大量的食物填胃，脆饼就是一个例子。炊起饭来实在麻烦。

---

① 1尺 =0.33 米。——编者注

春卷

和中国春卷不同，越南的春卷一定不能用薄饼皮来包，而要用米纸，这在越南商店很容易购入。

胡志明市的春卷较小，叫 Cha Gio；首都河内的春卷较大，叫 Nem。

馅的材料基本上有粉丝、猪肉碎、冬菇和雪耳，一般街边吃的，就此而已。讲究起来，要加虾和螃蟹肉、马蹄、大蒜、豆芽、红萝卜丝、白萝卜丝和青葱、洋葱。

有些人是把以上食材生包，有些人则炒了一炒。先铺一张米纸，用水浸湿，从最下面一推食材；再叠双边，最后往上推，卷成长卷后油炸。

炸时注意油的分量，不能超过锅子的三分之一。若用一半的油，放入春卷后油会加倍，就要溢出了。

最好是一条条地炸，不要急。如果油锅大，则可数条一起炸。

至于要炸多久，应看你包的春卷有多大条，以及你的油锅大小，与用的是煤气炉、炭炉还是电炉也有关系，全无定法，都要靠经验，老师傅一定不会告诉你应炸 3 分钟、5 分钟还是 7 分钟。

秘诀是有点的，像涂米纸的清水，加糖的话，炸出来的颜色好看，也比较可口。

如果不用清水涂，以鸡蛋浆代替，味道也会更好。

千万别听一般人说，混馅时要加一点粟粉或玉蜀黍粉。这样一来馅就会呈糊状，影响口感和滋味。

上桌时的摆设很重要，正宗的春卷要伴以下新鲜香草和叶子：金不换、紫苏叶、中国芫荽、越南薄荷叶（Rau Ram）、积雪草（Pennywort）、毛翁、鹅蒂叶，以及略烫过的豆芽和高丽菜。

取了这些叶子、香草和蔬菜，可以包着或夹着春卷吃。

末了，就是那碟鱼露浆了。这是吃越南春卷的灵魂，一试之下，便知水准高低。劣质的鱼露浆一吃进口，即知这家人的其他菜不必吃了。

一般都不讲究食材分量，但要做好这碟正宗的鱼露浆，分量非准确不可。先要用越南本地鱼露，鱼露的浓度为 60 度的二汤匙。再加 1/4 茶杯的新鲜椰子汁、一茶匙米醋、三茶匙白糖、一茶匙青柠汁，以及适量的蒜蓉、红辣椒丝、红萝卜丝。

在这种配合之下做出的，才算是完美的越南春卷。

（编者注：图中的"Fish&Chips"意为"鱼和薯条"。）

鱼和薯条

别以为炸鱼和马铃薯没有什么大不了的，只有英国人当之为国食。如果要吃得正宗，有很多基本概念和做法是不能改变的。

为什么一定要叫"鱼和薯条"（Fish N' Chips），不能叫"薯条和鱼"吗？叫惯了就是这样，不能改。为什么 Fish and Chips 写成 Fish N' Chips，而不是 Fish & Chips 呢？答案也是一样的。

要炸东西，先得考虑油。英国人说要用红花油，其实可以用其他植物油，只要不是个性太强的，像椰油和花生油。

马铃薯，广东人叫它薯仔，北京人叫它土豆，种类很多，用你吃得惯，从小养成味觉习惯的那种马铃薯就行。将马铃薯切成长条，至少要有半英寸厚。切记的是，不要削皮，撒盐揉之。

把薯条冲洗干净，用纸吸干水分，就可炸了。油锅尽量用大的，油愈多愈好。等油冒烟，把薯条放进去炸，炸到有点金黄色时，捞起，用纸吸干油。

接下来的这个步骤最重要了，就是要把薯条翻炸一次，炸至边有点焦，即可捞起。

鱼和薯条，到底应该先炸什么呢？其实不都一样吗？但英国人的话，会先炸薯条。

鱼用的是鳕鱼（Cod）、绿青鳕（Pollock）和罗非鱼（Tilapia），这些都是肉白又味淡的冰冻鱼。当然东方人可用石斑或苏眉等游水鱼代替，但英国人听到又要生气了。

可以用面粉、苏打粉、盐、干月桂叶粉做鱼的调料；有时会下一点点辣椒粉，但都是以红色、不辣的为主，英国人是吃不了辣的。要求高一点的人会下大蒜粉、胡椒粉、洋葱粉、牛舌叶粉和百里香叶粉。英国人的秘诀，是最后下一杯啤酒去打匀，就可以把鱼块蘸粉，再拿去炸了。

至于要炸多久，这与你家的锅子大小和油的分量都有关系，没有一定的准则，全凭经验。千万不能过熟，要学日本人炸东西的精神——"把生的东西变为熟，不叫炸"。

上桌最重要了，一定要用英国报纸把菜包住。如果你是英国人的话，吃出的当然不是油墨的味道，而是乡愁了。

库司库司

到餐厅去，菜单上写着库司库司（Cous Cous），有很多人不明白这是什么，其实是一种小麦的吃法。

说是摩洛哥名菜，其实它只是有代表性的罢了。摩洛哥菜中用的库司库司极多，其实它在突尼斯、利比亚和阿尔及利亚都很流行。

此菜应该源自非洲，后来传到中东，当今就连法国人也爱吃。美国人则将它当成方便面一般的东西，因为在他们的超级市场中能买到现成的，一泡开水就能进食。

怎么做的呢？抓几把生小麦，粗磨之，撒上面粉，令其粒子分离；蒸熟，风干，再煮，就是库司库司了。

原名 Cous Cous，不读作"各斯各斯"，发音为"库司库司"才对，是快乐和丰盛的意思。这道主食，已和中国的米饭一样流行了。

当然做法多得不得了，加酸奶和牛油放水煮熟，是最简单的一种。加入生菜，当成沙拉。配以焖熟的红萝卜、马铃薯、节瓜、橄榄、高丽菜，当作素食。

一般，有肉类的菜，就会在碟边伴着库司库司，牛肉、羊肉、鸡肉皆行；或是在库司库司上淋上肉汁，亦可当成一道菜。库司库司和海鲜也极配，比如鱼、贝壳、鱿鱼、八爪鱼等；加上果仁、葡萄干，就被当成甜品了。

突尼斯人则爱淋上西红柿酱吃，总之你从米饭和面包中得到的灵感，都可以用在库司库司上。

关于库司库司的食谱，最早的记载出现在 13 世纪，做法是把小麦加面粉，用一个双层的铁锅来蒸。

下面像一个大水锅，上层是另一个锅。锅底有洞，让下面的蒸气透入。在锅底铺上一层布，以防库司库司掉落。

所以说中国之外的人不会蒸东西是不对的，类似蒸锅的器具在很多国家都出现过，尤其是墨西哥人，最爱用蒸锅煮食。但是外国人不懂得把器具发展来蒸鱼，倒是真的。

库司库司的口感极佳，一粒一粒小小的，在口腔中摩擦。有人说像素食的鱼子酱，那倒是夸张了一点。库司库司在中东一带流行，当地人早餐中常有它；将它当成麦片吃，也是一种乐趣。

玩大菜糕

童年时期，南方的孩子大多吃过大菜糕，有些是混了带颜色的果汁的，有些是只打一颗鸡蛋的。这些煮得变成云状的固体，是我们的回忆。

现在想起，我都会跑到九龙城的衙前塱道友人开的"义香豆腐"买大菜糕。本来很方便，但对方坚持不收钱，去多了我也不好意思，只能自己做。

做大菜糕最容易不过了，市面上卖各种大菜糕粉，煮熟了不放冰箱也会凝固。亲自做起来，总觉得比店里美味，但不动手又不知其难。我以前买了大菜糕粉，泡了滚水，就以为会结冻，但永远是水汪汪、不成形的。原来是大菜糕粉没有完全溶解，才失败了。

做大菜糕又不是火箭工程，我现在做的大菜糕相当美味，样子又漂亮，其实只是多做几次，多失败几次罢了。

先买原材料。从前的杂货铺都卖比粉丝更粗的大菜丝，煮开了即成；现在大家不自己做，杂货店也不卖了。

我到处去找原材料，也必须正名。在中国，大菜丝被香港人以粤语叫成大菜，台湾人受福建影响，叫成菜燕（吃起来有穷人燕窝的感觉）。这种原材料传到南洋，也叫菜燕，有时又倒过来叫成燕菜。

大菜糕在日本则被叫寒天，原材料叫天草，被做成 1 平方英寸的长条，近年则多以粉末来出售。本来洋人不会用它，近年也开始拿它入馔了，用的是印度尼西亚文的叫法 Agar-Agar。当今这名词已成为国际性的叫法了，去到外国食品店，用这个名字不会错。

Agar-Agar 粉很容易在印度尼西亚杂货铺找到，泰国杂货铺也卖特级菜燕，但没有外文说明，怎么做只能看经验。

除了中国香港的蛋花大菜糕，我最常做的是泰国的椰浆大菜糕，上面一层是白色的，下面是绿色的。我本以为做起来麻烦，原来非常容易。

买一包印度尼西亚的印有"燕球商标"（画着一个地球和一只燕子）的燕菜精，再把不到一升的水煮滚，下一整包的燕菜精，必须耐心地等到它们全部溶解才能成功。

水沸时顺便煮香兰叶，这时水会变绿色。要是买不到新鲜的香兰，便只有下香兰精了。

这时就可以下椰浆了，新鲜的难找，买现成的纸包装或最小罐的罐头椰浆倒入，顺便加糖搅拌。糖要加多少随你，怕胖就少一点。

必须注意的是椰浆不能煮滚开，一滚开椰油就跑出来了，有股难闻的油味，忌之忌之。

这时就可以把它们整个放入冰箱冷却。很奇怪的是，椰浆和大菜的分子不同，会浮在表面，也不会因为混了香兰汁而变绿。上下分明，大功告成。你试试看吧，这是最容易做又难失败的做法，连这点工夫也不想花的话，到店里买好了。

但是一成功你就会发现一个天地，可进一步做杧果奶冻和红豆大菜糕。原理是一样的，书上说的多少大菜糕粉和多少份红豆，都是多余的，全靠经验。有时过软，有时太硬，做了几次就掌握了，总之是熟能生巧。

比例试对，硬度掌握之后，食谱就千变万化了。别以为只能吃甜的，咸的大菜糕也十分美味。

咸的大菜糕，一般用的是啫喱粉，即由猪皮或牛骨提炼出来的，属于荤菜。大菜是用海藻提炼，属于素的，这点要分清楚，别让拜佛人吃了犯下罪过。

咸的大菜糕混入肉汁，牛的、鱼的都行，凝固后切成小方块，加在鱼或肉上面，增添口感。

也可以将其添入鸡尾酒，像把香槟酒倒入切成小方块的茉莉花大菜糕，这是何等高雅！

加水果更是没有问题。大菜榴梿你吃过没有？我曾经常做，买几个猫山王榴梿，吃剩了几颗，取出榴梿肉，混了忌廉做大菜糕，香到极点。

至于用花，最普通的便是桂花糕了。到南货店去买一瓶糖渍桂花，加上大菜，放进一个花形的模子里面，做成后上面再放几颗用糖熬过的杞子。

我越做越疯狂，有时把几种不同的冻分几层，最硬的香兰大菜放在最下面，上面一层是樱桃啫喱，另一层用什么都不加的爱玉。爱玉是中国台湾的一种特产，带有香味，可以买粉末状的来做，最好是用由爱玉种子水浸后手磨出来的，它最软，可以放在最上层。最后添加雪糕。

当今夏天，盛产夜香花。这本来是放在冬瓜盅上面吃的东西，也可以用糖水焯一焯，待大菜凝固之前把一朵朵夜香花倒头插入，最后翻过来扣在碟子上。这时夜香花像星星般怒放，使人看了舍不得吃。

自制雪糕

　　有一段时期不能旅行，人们被困在家里，日子一天天地浪费，实在不值。

　　这不是办法嘛。我每一天都要创作，才觉得充实，所以我每天写文章，至少也练练书法，或向熟悉新科技的友人学习新知识。

　　我每天要做的还有上菜市场，看看有什么最新鲜的蔬菜和肉类，向小贩们请教怎么做，然后将菜式一样一样地变出来，每餐都是满足餐。

　　总之，每天都学习，每天都创作，日子就变得充实，我也可以告诉自己，对得起今天了。

　　天气一转热，我就想起吃雪糕来。大家都知道我是一个雪糕迷，市场上有什么新款的都会买回来吃，哈根达斯之类的家里冰箱中常有，但是吃了一点也不满足，它最好吃的产品是日本做的

Rich Milk[①]，因为牌子被卖给了日本制造商，他们可以自创，日本公司做的这种雪糕牛奶味浓厚到极点，还有一种红豆的也非常好吃，但这些大量制造的雪糕满足不了我，还是手制的好。

至今为止，最好吃的雪糕是网友 Pollyanna 亲自做给我的，软绵得似丝似棉。一天我突发奇想：为什么不自己做呢？在这段日子，除了可以消磨时间，还能享受到自己喜欢的口味。

思至此，即刻动手。

做雪糕的原理，是把牛奶和忌廉混合，放进一个大铁桶里面，桶外用大量的冰包围着，越冷越好，再陆续倒牛奶和忌廉搅拌；久而久之，就变成雪糕。这是我们还是小孩子时向小贩们买的最原始的雪糕。

明白了原理，我到店里去买了一个制雪糕器。所谓制雪糕器，是一个有厚壁的桶。把这个桶放进冰箱的冰格中，冻它一夜，才可以拿出来用。

将牛奶和忌廉放进桶内，制雪糕器的另一个部分是电动搅拌器，不停地搅拌之下，牛奶和忌廉越来越稠，加上桶壁是冰冷的，雪糕就慢慢地形成了。

为什么一定要加忌廉呢？

忌廉这个词由 Cream 音译而来，加上一个冰（Ice）字，就是雪糕，就是冰激凌（Ice Cream）。

忌廉是什么东西？忌廉其实是牛奶的皮，把牛奶打发之后，浮在上面那层浓稠的东西就是忌廉了，它是做冰激凌不能缺少的。

---

① 哈根达斯日本限定口味，Rich Milk 即浓郁牛奶味。——编者注

将忌廉打发之后，里面就充满泡沫，便会变成软绵绵的。根据这个原理，加上鸡蛋黄打出来，用筛网隔出细粒和杂质，雪糕就更香了。这是欧洲式的雪糕做法，美国式的雪糕是不用鸡蛋的。

这个制雪糕器，每次做完冲洗起来非常麻烦。于是，它又像其他的搅拌机、打磨机、切碎机、榨汁机一样，被堆在杂物房中，从此闲置。

这时，我才开始认识到手工制作的好处。如果不用制雪糕器，能不能做雪糕呢？

做雪糕，失败了几次总会成功，我开始用最原始、最简单的材料和手法来亲手制作雪糕。

忌廉是缺少不了的，在任何超市都能买到。这是一种原料，另一种是一罐炼奶，什么牌子都可以，中国香港人熟悉的是寿星公炼奶。

把忌廉用手拼命打发之后，会发现它越来越浓稠。这时，加一罐炼奶进去，再打发均匀，放进一个容器之后拿到冰格冷冻，冻个半小时之后雪糕开始成形，这时又拿出来搅拌，再次冷冻。重复三次，不用制雪糕器也可以自制雪糕。

不过，你如果连这种简易的方法都嫌烦的话，在我自己制造雪糕的经验中，有一种不会失败，又不用制雪糕器的最易、最简便的做法。

你需要的当然是最基本的忌廉，加上炼奶，充分地拌匀之后，将其放进一个密实袋中。买质量最好的"佳能"（Glad）牌的好了，它有双重锁紧功能，不会让内容物漏出去。如果用低质量的，一漏出来就一塌糊涂、前功尽弃了。

先用一个"细袋"，倒入忌廉和炼奶；封紧之后，放进一个"大袋"里面，同时加入大量的冰块，最后封紧；再大力地摇晃，不能偷懒。摇了再摇，再摇后又再摇，摇至你用手摸摸，小袋中的忌廉和炼奶开始硬化，这时，你的自制雪糕就完成了。

做法一样，但材料千变万化。加进抹茶粉，就能做抹茶雪糕；加入豆腐，就能做豆腐雪糕，全凭你的想象力，天马行空。

只要动手，你就会发现做雪糕原来可以如此简单，等到你加入种种你喜欢的食材，就会发现原来雪糕可以如此美味。想吃硬一点的，就要摇晃久一点；要吃软雪糕的话，更是省下不少工夫。

开始做吧！

大家一齐自制雪糕！祝你成功。

巴芙露娃

"你吃过巴芙露娃（Pavlova）吗？"澳大利亚朋友问。

"什么叫巴芙露娃？那不是一个天下著名的俄罗斯芭蕾舞者的名字？"

这二者的确有关，安娜·巴芙露娃（Anna Pavlova）曾在 1926 年到 1929 年到澳大利亚表演。在舞台上，她穿着一件绿色带玫瑰红的轻飘飘的舞裙，珀斯的大厨赫伯特·萨凯（Herbert Sache）为了纪念她，设计了这个甜品。

做法很简单：用一个锅，洗净油渍，放蛋白和白糖打匀，置烤箱内烤一个半小时。烤炉大小不同，温度亦不同，先要记住自己最清楚的，比方说 200 摄氏度吧，那么永远用这个温度。至于时间的长短，失败过一两次就能控制。

闲话少说，那团蛋白与白糖烤过后，外硬内软，套用外国人的话：比空气还要轻。

接着，用搅拌器加牛乳打成奶油，涂在糕上，最后摆上绿色的奇异果（Kiwi），红色的草莓，这是在巴芙露娃的舞裙上得到的灵感。

初步说明过后，可以深入研究。用的白糖愈细愈好，将细糖用搅拌机再打磨也行，用糖粉也可。后者没那么甜，但是吃甜品嘛，一定得不怕甜，不然不如不吃。

和蛋白一齐打时，记得下几滴醋，加速凝固，又要加一点点盐。这可奇怪了，甜品怎么加盐？其实盐可以把白糖的味道提升出来。

糕成圆形的模样时，最好使其四周较高，让它凹了进去，下一步铺鲜果时才有位置。烤完之后，把炉打开，让它慢慢降温。如果糕上有裂痕，也不要紧，这样反而能呈现糕中心柔软的形态，当今澳大利亚超市已有现成的糖蛋白卖了。

关于这个甜品，新西兰人则说是他们发明的，因为在 1919 年已有文字记载。谁对谁错？澳大利亚大厨赫伯特·萨凯年老时，在一个访问中承认在巴芙露娃来澳之前，他在一本新西兰的杂志上看过这个做法，只是将它进一步美化罢了。

奇异果在新西兰长得多，相信这应该是他们的甜品，但大家都认为它是澳大利亚的，也就不必去争辩。除了奇异果、草莓，还可加黑加仑、菠萝、香蕉、桃等，是随意的。至于糖蛋白，可加云呢拿[1]、咖啡、朱古力等。巴芙露娃，变化无穷。

芝士蛋糕

其实，与其说芝士蛋糕（Cheese Cake）是一道美国名点，不如说是纽约的最佳甜品。近年，我们一说起芝士蛋糕，总是说成纽约芝士蛋糕（New York Cheese Cake）。

用芝士做蛋糕，法国人、意大利、加拿大人、澳大利亚人都有自己的版本。纽约的芝士蛋糕之所以出色，是因为它很基本、很简单，一点花招也没有。

先做一个底饼：把饼干舂碎，加牛油和糖，混合后倒入一个铁模或锡纸模，放进焗炉中做成。当然要铺张蛋糕纸，才不会黏底，而且焗成后容易拿出来。将它放入冰箱，待凉。

在软芝士中加糖和面粉，再刮柠檬皮进去。剩下的柠檬别丢掉，切半挤汁加入。接着便是加蛋了，用三粒蛋，蛋黄和蛋白一起打进去，再加一粒全蛋黄的，总之是三加一，蛋黄要多过蛋白就是。

一切打匀混好，就可以铺入底饼，再放进焗炉焗。时间全凭火力和

---

[1] 云呢拿即香草。——编者注

经验，有一个方法看它好了没有，那就是去摇一摇底饼，看到馅的表面会晃动为止。

也别急着拿出来，熄火后继续放焗炉中两小时，就可以拿出来了。纽约芝士蛋糕都是在室温下吃的，不用冷冻，也不用加热。

这里面也有一点秘诀：打蛋时要打得均匀，打得太过剧烈的话会起泡，那么焗后表面会裂开；太过缓慢就成糊，不凝结了。蛋最好是一个打完再打下一个，别一起打。

另外，加糖时不妨下一点点盐，这样会令甜味更突出。牛油也要用淡口的，如果用咸牛油，那么就不必加盐了。

要做得正宗的话，制底饼的饼干要用美国货全麦饼干（Graham Cracker），芝士则得用费城奶酪（Philadelphia Cheese）。

有些人下云呢拿精，这是禁忌。加云呢拿的话，一定要用真的，将其去皮，把种子和黏液刮下加进去。

更有人加一点橘子酒（Cointreau）或铺上酸忌廉、草莓、蓝莓等，这都不算是正宗的纽约芝士蛋糕。在纽约吃，可到 Lindy's 去，或大众化的连锁店芝乐坊餐厅（The Cheesecake Factory），但总不及纽约客（New Yorker）的妈妈们做得那么好。

提拉米苏

提拉米苏（Tiramisu）乍听之下，还以为是日语的"寺"（Tera）和"水"（Mizu）呢，但它是纯意大利话，Tira 是"提"或"拉"的意思，Mi 是"我"，而 Su 是"往上"，整句话是英文的"Pick me up"的意思，就是"把我拿走吧"，或者"把我干掉吧"。

不管你走进一家最贵、最豪华的餐厅还是街边的咖啡店，都可以点到这道甜品。在国外的意大利餐厅中，更是不能缺少这代表性的食物，可以说已经风靡全球了。

做法不算复杂，亦不简单。首先从原料谈起，分两派：一派主张用手指饼（Lady Finger），一派主张用切成长条的海绵蛋糕。前者多数在家里做时采用；后者为餐厅大厨所喜欢，因为什么形状都可以切来做嘛，更容易发挥。

手指饼源自法国，它是用一个忌廉筒，挤出长条的打发蛋白，再经烘烤而成的。

马沙拉酒（Marsala）产自意大利西西里，在葡萄发酵过程中可以加些白兰地，它有点像葡萄牙的钵酒，味道甜美。有些大厨也用咖啡酒或甘蔗酒来代替，但绝不正宗。

还有重要的材料就是奶油奶酪了，它比鲜奶油硬，比奶酪软，味道浓郁，意大利人称之为马斯卡普尼（Mascarpone）。在外国做提拉米苏，说什么也要买到真正的西西里甜酒和意大利马斯卡普尼。

其他食材包括糖、蛋黄、浓忌廉、云呢拿、浓咖啡、黑朱古力及可可粉。

先把焗炉烧红，将手指饼或蛋糕长条烤香，这个步骤很重要，不可偷工减料。

将烤好的原料放入容器，容器大小看你要做多做少而定。有些大厨只做一大份，再切开分别上桌。有的人喜欢一人一份，装进雪糕或鸡尾酒杯里面。

这时将蛋黄打匀，加糖、甜酒、忌廉、云呢拿、黑朱古力。太浓的话，可加点水稀释之，最后加马斯卡普尼备用。

把容器中的手指饼或蛋糕长条浸甜酒和咖啡，一层原料一层蛋黄酱地涂，要涂多少层看你花的工夫，但最后一层一定是蛋黄酱。

最后把它放进冰箱冷冻，至少一小时，多则冻过夜，上面撒可可粉就能上桌了。

约克郡布丁

单单听约克郡布丁（Yorkshire Pudding），会以为它是一道佳肴或一种甜品，其实它只是配菜。它是一种不同形式的面包而已，和一般的布丁搭不上关系。

材料有面粉、鸡蛋、牛奶，牛肥膏、胡椒和盐，就是这么简单。

先热烤炉，开至 220 摄氏度，把一个铁锅放进去加热，最好是用又厚又重的，温度才会均匀。

另一厢，把面粉筛过，中间挖一个洞，打入鸡蛋。面粉用普通的就好，不必相信人家乱说的要加酵粉。撒些黑胡椒粉后就可搓匀，然后放入锅，加水和牛奶，要想吃更香的，就单用牛奶做成面浆好了。

从烤炉中取出铁锅，加牛肥膏。注意不是牛油，而是将牛的肥肉炸出油来，其冷却后凝成的白色硬块，在超级市场可以买到。待牛肥膏化开生烟时，就可以倒入面浆。如看到有泡泡，就用勺子压破。

放进烤炉中，烤个半小时，即成。记得别一面烤一面打开来看，否则做成的约克郡布丁就会又扁又平了。

约克郡布丁愈轻愈好，烤的时间把握得好的话，它会发胀，卖相有如法国的羊角包。

怎么英国人那么爱吃它呢？这和他们曾经贫穷有关。主菜之前先吃约克郡布丁吃饱了，那么肉他们便不必吃太多了。英国人也有句老话，说约克郡布丁吃得多，肉也就可以吃得多。那是父母说来骗小孩子的。

一贫穷人就变得节省，任何有肉汁的菜，都可以用来蘸约克郡布丁。传统上，在焗炉上层烤肉，下面就用个锅做约克郡布丁来盛滴下来的汁。有些人更不用两个锅，烤完肉，取出，剩下来的油就用来做约克郡布丁。

现在在厨具店可买到一个铁锅，其内有6个凹进去的模子，可以一下子做出6个小布丁来。也可以往布丁上涂果酱、枫糖和白糖，当甜品。

约克郡布丁当然是出自约克郡，是星期日才享受的，平日吃的只是干面包而已。

可露丽甜糕

它与其被叫作法国可露丽甜糕（Cannelè），不如被叫作波尔多的可露丽甜糕（Cannele De Bordeaux），因为只有在这个产酒区，可露丽才经常出现于餐桌上。

它的法语发音是 Kah-Nuh-Leh，它是个紫黑色的小甜点，顶上有个十二瓣的皇冠花纹，皮脆而不焦。馅有蛋挞的味道，略带朗姆的成分，口感像布丁。

材料有全脂奶、牛油、蛋黄及全蛋、面粉、糖、朗姆酒、柠檬和最重要的蜂蜡。

一般厨子已弃蜂蜡，因为难以购入，除非到蜜蜂场去。但一不用蜂蜡，就做不出正宗的可露丽甜糕。如果买不到蜂蜡的话，你可以上网订购。

先把专门做可露丽的铜模放进焗炉去烘热，然后把蜂蜡倒进去，再将过多的蜂蜡倒出来，只要涂上薄薄的一层就是；然后将铜模放入冰箱冷却。

另一厢，把牛奶、牛油和全蛋及蛋黄打匀，切记别打得发泡，均匀即可。全蛋和蛋黄的比例是三个全蛋、一颗蛋黄。最后加云呢拿，别用香精，用刀把云呢拿豆荚切开，刮下种子和黏液，混入馅。

馅做好了，放入冰箱搁置 24 小时。

取出，把馅装进一个雪糕漏斗，叫 Piston Funnel 的，可在厨具店买到。将漏斗的馅挤进做可露丽的铜模中，记得留着二分的空位，别倒得全满。放进焗炉中一焗，甜糕会胀。焗的时间依照你的经验，通常是在

200 摄氏度中焗个 30 分钟，直到看到食物表面略焦，呈褐色为止。

　　这时就可把模倒转，将甜糕装入碟中；因为模中有蜂蜡，所以很容易倒出，大功告成。

　　当今很多大厨不再一个个地做，会用塑料模子，做 6 ~ 12 个，但感觉味道上，总不如正宗的铜模做的那么美妙。

　　可露丽最好是现做现吃，馅是湿的，一放久，就会渗透，皮就软掉了。

　　你可以在巴黎的馥颂（Fauchon）买到正宗的可露丽，但是最好是在波尔多吃。你去这个酒区试酒，在早餐中看到可露丽，一叫出名字来，当地的侍者也会对你刮目相看。

第五章

聊天喝酒

不误烧一桌好菜

家常菜

在我的电视节目中，我介绍过不少餐厅，贵的也有，便宜的也有，但都美味。

"你试过那么多，哪一间最好？"女主持问。

"最好的，"我说，"当然是妈妈烧的。"

所以在《蔡澜品味》的最后一集中，我访问了四个家庭，让主妇为我们做几个家常菜，给不入厨的未婚人士做做参考，以这些数据，学习照顾他们的下一代。即使有家政助理，偶尔自己烧一烧，也会得到家人的赞许。

我们先去了上海友人的家，他妈妈将示范最基本、最传统的上海小菜：烤麸。

做烤麸看起来容易，其实大有学问，卖相极为重要。第一眼要是看到那些麸是刀切的，一定不及格。烤麸的麸，非手掰不可。

葱烤鲫鱼也是媳妇的招牌菜，由怎么选葱开始教起。如果鲫鱼有"春"当然更好，但无子时也能做出佳肴。这道菜可以热吃，也可以从冰箱拿出来，吃鲫鱼汁冻，甚为美味。

友人的妈妈说有朋自远方来，不可只吃这些小菜，要另外表演烹调红烧元蹄、虾脑豆腐和甜品酒酿丸子，我们当然乐意。

福建家庭做的，当然有他们的拿手好戏：包薄饼。可不能小看这道菜，至少得准备两三天，把蔬菜炒了又炒。各种配料中，不能缺少的是浒苔，那是一种味道极为鲜美的紫菜。

除了做法，还得教吃法。最古老的，是包薄饼时留下一个口，把蔬菜中的汤汁倒入。这一点，鲜为人知。吃薄饼，在传统上得配白粥。

从白粥转到潮州家庭的糜，和各类配糜的小菜，潮州人认为咸酸菜和韩国人的金渍一样重要，从外面买固然方便，但自己动手，又怎么做呢？友人的妈妈会教大家腌咸酸菜和橄榄菜。

买虾毛①回来，以盐水煮熟，成为鱼饭。做到兴起，来一道蚝烙，此菜家家制法不同，友人的妈妈做的是不加蛋的。我要求做我最爱吃的拜神肉，那是把一大块五花腩切成大条，再用高汤煮熟；待冷却后，将其切成薄片，拿去煎蒜蓉。煎得略焦，是无上的美味。友人的妈妈更不罢休，最后教我们怎么做猪肠灌糯米。

广东家庭中最典型的菜是汤了。煲汤也不是把各种材料扔进大锅那么简单，要有程序；如何观察火候，也是秘诀。煲给未来女婿喝，不可马虎。

最家常的菜有蒸鲩鱼和蒸咸鱼肉饼等，最后炒个菜，看市场当天什么菜最新鲜就炒什么，方便快速为基本，这些都是在餐厅中吃不到的美味。

"除了妈妈做的菜，还有什么？"女主持又问。

"当然，是和朋友一起吃的。"我回答。

很多人还以为我只会吃，不会煮，那就趁机表演一下。

在最后一个环节，我将请那群女主持按照我的家常菜逐味去做。

天冷，芥蓝最肥，买新界种的粗大芥蓝，切后备用。另一厢，买带肉的排骨，请肉贩切好，将其余水。烧锅至红，下猪油和数十颗完整的

---

① 虾毛，粤语，指极小的虾。——编者注

大蒜瓣，把排骨爆香，随即捞起并放入锅，加水便煮。炆 20 分钟后，下大芥蓝和一大汤匙的普宁豆酱，再炆 10 分钟，一大锅的蒜香炆排骨就能上桌了。

做白灼牛肉，要选上等牛肉，片成薄片。烧一大锅水，待沸，下日本酱油，用日本酱油滚开才不会变酸。又下大量南姜蓉（可在潮州杂货店买到），南姜蓉和牛肉的配搭最佳。

汤一滚开，就把牛肉扔进去，这时即刻把肉捞起。等汤再滚，下豆芽。第三次滚时，又把刚才灼好的牛肉放进去，即成。

生腌咸蟹这道菜我母亲最拿手。把膏蟹养数日，待内脏清除，洗干净，切块，放在盐水、豉油和鱼露中泡大蒜和辣椒半天，即可吃。吃之前把糖花生条舂碎，撒上，再淋大量白米醋，加芫荽，味道令人不可抗拒。

猪油渣炒肉丁这道菜要加辣椒酱、柱侯酱，如果找到仁稔一齐炒，更妙。

咸鱼酱蒸豆腐味道也不错。

油灼番薯叶的做法是将番薯叶灼后，淋上猪油。

五花腩片，用中国台湾产的甜榨菜片加流浮山虾酱和辣椒丝去蒸，不会失败。

苦瓜炒苦瓜，用生切苦瓜和灼得半熟的苦瓜去炒豆豉。

开两罐罐头，将梅林牌的扣肉和油焖笋炒在一起，简单方便。

酒煮喜知次（Kinki）鱼，一面煮一面吃，见熟就吃，不逊蒸鱼。

瓜仔鸡锅，这是我从中国台湾酒家学到的菜，买一罐腌制的脆瓜，和余水的鸡块一齐煮，煮得愈久愈出味。

来一道西餐做法的菜，用牛油爆香蒜蓉，把大蛏子，洋人称为剃刀蛏的，放进大锅中，注入半瓶白酒，上锅蒸焗一会儿，离火用力摇匀，撒上西洋芫荽碎，即成。

又做三道汤，分餐前、吃到一半时，以及最后喝的：第一道简单地用干公鱼仔和大蒜瓣煮个 10 分钟，下大量的空心菜；第二道是炖干贝和萝卜；第三道是将鱼、虾、蟹加在一起滚大芥菜和豆腐，加肉片，生姜。

一共 15 道家常菜，转眼间即可完成，可当教材。

金瓜食谱

我曾经在《蔡澜食典》一书中提到南瓜。翻阅之，发现菜谱有不足之处，今当补充。

先正名，食材名字中若有个"番"或"胡"字，说明是经波斯和印度传来的。西瓜已有，为什么我们不叫东瓜或北瓜，而叫南瓜呢？当然是因为它是由南洋传过来的。但南瓜这个名字，总比不上"金瓜"。

金瓜品种不少，绿色、鲜红和带斑点的皆有，但金黄色的居多，叫它金瓜较为恰当。金瓜大起来有数百斤重，四个大人抱不起；小巧的有如玩具，苹果般大。金瓜也有圆形和瓢形的，似柚子的，最适合做菜，可以去掉瓜子，刮下瓜肉，填入其他食材。

我们到菜市场去，常只注意菜心、芥蓝、白菜之类的蔬菜，忘记了金瓜。夏天，没有经过寒霜的蔬菜都不甜，是吃金瓜的最好时节。

我记得小时候妈妈做金瓜，将它切块后煎一煎，已是佳肴。南洋人还喜欢做好咖喱，将其填入金瓜，蒸熟或焗熟后捧到桌上，热腾腾、香喷喷的，令人印象犹深。

泰国菜"荷月"，就是一个例子，把鱼虾和贝壳类放进金瓜中，吃时发现金瓜比海鲜好吃。

但是做得最精彩的，是中国台湾人的金瓜炒米粉，正宗做法的详细过程如下。

先将金瓜刨丝，备用。将金瓜丝分成两份：大的那份可以先炒至糊状，当成汤浆混入米粉之中；小的那份后下，和米粉一起炒熟，只求扮相，不然看不到金色，就名副其实地"逊"了。

米粉要用新竹的细条米粉，浸一浸清水则可，不必用滚水泡。要泡的是虾米，记得泡完虾米的水留着，炒米粉炒得太干时可以放进去。

其他材料有肉丝、香菇丝和韭菜等，不放也行，但豆芽不可缺少，高丽菜也得加。上桌时可以撒上爆香的小红葱头碎。

很少人懂得，炒金瓜米粉的精髓在于被中国台湾人叫作蚋仔的小蚬，去壳取肉，留汁，大量使用。

下油，当然要用猪油，爆香了蒜蓉和虾米，将小蚬肉、肉丝、香菇丝、高丽菜丝和金瓜丝加在一起炒，炒至金瓜丝变成糊状，肉丝和小蚬肉的汁流出为止。

这时就能将米粉和小部分的金瓜丝放进锅中，勤加翻炒。有些人不用锅铲，以一双筷子将米粉分散，不让它黏在一起。

秘诀在于炒至八分熟时，加泡虾米的水，另把易熟的豆芽和韭菜放进去，兜炒一下，上锅盖，让它焖一焖，焖至汤汁完全进入米粉之中。

打开锅盖，下生抽，再兜炒一下，大功告成。小蚬肉、猪肉丝和虾米丝加上金瓜，已够甜，可以不加味精。

通常整桌菜，金瓜米粉最后才上，吃得再饱，看见这道，大家也要多添三大碗。

中国台湾人娶媳妇，先考她们炒米粉。普通炒米粉吓不倒婆婆，你们要是照我的方法炒个金瓜米粉，一定大受欢迎。会做这道金瓜米粉，许多人会爱你。

如果嫌麻烦，就煮金瓜吧。用清水，水滚后把切块的金瓜放进去，要煮多少时间才熟？这完全看你家里的火炉火力有多猛、锅子有多大、金瓜的分量有多少，没有定法。但你可以一面煮一面用筷子插它，等到金瓜变软就行了。骗人的方法是，在水中加糖，当大家问你金瓜为什么那么甜时，你说用的是最贵的日本金瓜好了。

煎也容易，但记得要用猪油，一用植物油就不香了。最好加爆小红葱头片，广东人叫干葱的，那就会香上加香了。金瓜片别切得太厚，否则难熟。怎么才知道熟了没有？按照煮的方法，用筷子试呀。

金瓜磨成蓉的做法更多，亦不难，放进搅拌器中打一打即可，西洋人最爱用它做汤。金瓜已甜，连糖也不必下，洋厨会加奶油，他们最爱用奶油了，做什么都加。

我们做金瓜汤，只要把金瓜切片就行。把金瓜切得很薄，煮个 20 分钟，最后才把鱼片放进去煮。如果先把鱼骨、葱、姜熬一熬，先做好汤底，味道更佳。

金瓜粥和番薯粥有异曲同工的效果，切块煮则可。要不然，学洋人把金瓜磨成蓉，放入粥中煮，水滚开后打了鸡蛋进去。搅匀了，二者皆为金黄色，非常悦目。要考究可铺上火腿丝，选最瘦最好的部分，用吃鱼翅时切丝的做法去做。

　　包水饺的话，何必每次都是用蔬菜那么单调？把金瓜切丝，加猪肉碎、虾米或鲜虾，这就是另类的水饺，做成锅贴也行。

　　甜品更是千变万化了，莫说潮州人的金瓜芋泥了，上海人的八宝饭，也可以填入金瓜之中。金瓜也可以加糯米粉做成汤丸，颜色就和白的不同。

　　加西米可做布丁，当然不能忘记西洋人做的金瓜薄饼。

　　单单将金瓜磨成金瓜汁，煮它一煮，就好喝过豆浆了。

咖喱十味

　　我的好友刘幼林（Bob Liu）最喜欢说的故事，是我到他家中烧菜，一煮就煮出十道不同的咖喱来。

　　那是数十年前的事了。他当年住在日本东京的原宿，角落头 [①] 的大厦，他家楼下是间西装店，我常到他家做客。他首任太太叫贝拉，是中国台湾航空公司的空姐，纯中国人，但样子像混血儿，身材高大，美艳动人。她说她最爱吃咖喱了，我又约了一个日本当红歌星女性朋友，乘机大为表演一番。

　　没下过厨的人，总以为咖喱很难制作，其实做咖喱最简单不过，只

[①]　角落头，粤语，泛指较偏僻的地方。——编者注

要失败过两三次，一定做得好。

制作咖喱有几个基本的步骤，其中一个就是先下油，把切碎的洋葱爆它一爆。其他菜下猪油才香，但是咖喱却忌猪油，用植物油好了，粟米油、橄榄油都行，甚至可以用椰油，就是不能下猪油，牛油也尽量避免，因为咖喱不是以油香取胜的。

洋葱加一个或两三个，看咖喱的分量而定。咖喱的甜味，很靠洋葱。中国香港著名的咖喱店外，常见一大袋一大袋的洋葱，可见用的分量极多。

不可把洋葱弄得太碎，先把洋葱头尾切去，对半切开，把平的一方朝下，再直切或横切都行，不必切太薄，切成指甲的长度，分成三片即可。

烧热镬，下油；见油起烟，放洋葱，炒至金黄，香味喷出时就可以加咖喱粉或咖喱酱了。

中国香港的香料店或杂货店里，一般卖的都是印度咖喱粉。如果用的都是同一种粉，就做不出十种咖喱来。

基本上咖喱的原料只有几种，想要新鲜香甜的风味，用的是小豆蔻、肉桂、丁香和生姜；想要浓味的，可选择姜黄和芫荽子。我们认为的"印度味"，是加了孜然而产生的。

把印度咖喱粉加进洋葱中一起炒，再下鸡肉拌匀炒香，最后注入清水，煮个半小时，第一道咖喱鸡就能上桌了。

第二道来点小食，以碎肉代替鸡，咖喱粉下得浓一点，炒后用薄馅皮包卷，再炸，就是咖喱春卷。

咖喱牛肉就用南洋煮法了。所谓的南洋咖喱，包括了马来西亚和印度尼西亚的咖喱，其主要原料和印度咖喱的相同，但是去掉了孜然，以椰浆熬之。牛肉不可先煮软切块才放入咖喱加热，这是中国香港地区的咖喱餐厅的做法，以求方便；但这么一来咖喱归咖喱，肉归肉，二者没有结合，味道就会逊色一些。牛肉一定要和咖喱汁一起炆至软熟才行；用了椰浆，比印度咖喱更为惹味，这是第三道。

第四道咖喱虾，用泰国的方式烧出来。泰国咖喱很辛辣，下的是朝天椒碎，我把它放在一旁，让愈吃愈嗜辣的人自己加。泰国咖喱为了中和辣味，也会多加点糖，用了大量的香茅、高良姜和橙叶，烧出来的味道与印度或南洋咖喱的截然不同。

第五道是咖喱鱼头了。这道菜最难做，因为刘幼林家里没有巨大的镬。也罢，用沸水淋鱼头，去其腥味，再把咖喱粉放进大汤锅来煮，同时下羊角豆，让它把咖喱汁吸进种子之中，咬破了有鱼子酱一般的口感。

我本来要炒咖喱蟹的，但觉得太过平凡，想起在印度海边小镇果阿吃过的一道蟹菜，即刻依样画葫芦。做法是把螃蟹蒸熟，拆下肉来备用。另一厢，去掉孜然，只用姜黄、肉桂和芫荽子，再加藏红花染色，将蟹肉煮得鲜红，搅成一大团，用羹匙舀来吃，味道马上与几道菜完全不一样，无不赞好。这是第六道菜。

第七道菜分量不能太多，也不可再有肉类，就用高丽菜来煮椰浆，放几片咖喱叶、丹桂树叶和众香子（Allspice）去串味。

这时可以来做饭了，一方面，用姜黄、孜然芹、小豆蔻和丁香混合的粉煸炒洋葱；另一方面，把印度野米洗净，倒入油锅加盐去炒，再下香料，加水，盖上锅盖，慢煮 15 分钟，最后下几粒葡萄干拌之。咖喱饭是第八道。

第九道菜，是用龙虾裹了粉炸成的。

"简直是天妇罗嘛。"女性朋友问，"怎能叫成咖喱菜？"

"你先蘸一蘸酱。"我说。

"那是黄芥末呀！"

"试过才知。"

那碟像黄芥末的黄色酱料，与芥末完全无关，是用最普通的蛋黄酱混了咖喱粉拌成的。

"这是第九道咖喱菜。"我宣布。

"最后一道菜是什么？不会做咖喱甜品吧？"刘太太迫不及待地问。

"说得不错，就是咖喱甜品！"

做法虽简单，但这道菜可要花上几小时的工夫，是事先做好的。把小豆蔻的青豆荚捣碎，加一半牛奶、一半忌廉，煮滚，待冷却。打蛋黄进去，搅匀，开火加热，令其变稠。这时可以加腰果碎、茴香粉、月桂粉，再添蜜糖，冷冻两小时，再搅，放入冰格。因时间不够，冻结不太成形，大家也不在意，当成咖喱糖水喝。我在一边嘻嘻笑，一点咖喱也咽不下去，光喝酒，大醉，醒来全身都是咖喱味。

烟熏乐趣

从前每次去"天香楼"，我最爱点的都是他们家的烟熏黄鱼。后来黄鱼都吃不到野生的，我就转为吃烟熏田鸡了。

原料是进口的，选最肥大、腿部像游泳健将般粗的田鸡，好在冰鲜

的味道也不减，烟熏之后更加好吃，熏得颜色像黄金，鲜美至极，百食不厌。

我心里认为，烟熏食物不容易做。有这种菜上桌，我感觉难得，更觉得美味。制作过程是怎样的？我这好奇心极重的人，不弄个一清二楚就不甘心。

"只有你，才让进厨房。"韩先生在世时说。

我向师傅鞠了一个躬，他开始烧菜。先清理田鸡，只留下两条大腿，去掉其他部位。放盐烧开一锅水，很快把田鸡氽了一氽，即捞起，整齐地摆在碟中。

另一个铁锅中，把米饭、茶叶和白糖置于锅底，上面弄个架子，放上田鸡，用中火烧烤，过三四分钟，绿色的浓烟从锅缝中冒出，师傅说："行了。"

我惊叹："那么快！"

"蔡先生，做馆子的，客人叫的每一碟菜都花那么多工夫去做，赚不了钱的。"师傅懒洋洋地说。

从此我学会烟熏，也不必像餐厅那样弄一个专用的锅子，只要在锅底贴上一层锡纸，依法烹调，最后把整锅废料倒掉就是，简单得不得了。

之后我什么都用来烟熏，鸡、鸭、猪、牛、鱼、虾，只要原材料吃腻了，就用烟熏来变化，乐趣无穷。真想在家里后院建个特别的烟熏室，这样我才能过足瘾，但在中国香港这种弹丸之地，还是想想作罢。

在厨房中弄个铁桶来烟熏如何？我也试过，向人要了个汽油桶，剪个洞，就用来烟熏食物。方法是成功了，但那股汽油味不散，白白浪费了几大块猪肉。

　　到了东京的"东急手创馆"（Tokyu Hands），我也买过一个专门的烟熏桶回来，不过是汽油桶的高级版罢了，花了钱心里较为安乐而已。在那里能买到的不只是桶，还有各种不同的木屑、樱木、桃木和苹果木，还有其他会发香的，你想得出，那家就有得卖。

　　当今，烟熏最简易不过的帮手，还有速成烟熏机。那是个像玻璃金刚罩的东西，把食物放在里面，上盖，有条管通到另一个小火炉，只要将喜欢的香味木头点燃，那么浓烟就会输送到罩里，我们可以透过玻璃看到食物已经被熏得金黄带赤，就可以取出食之。

　　什么东西都可以烟熏，我是在一间雪糕店里看到的这个烟熏机，原来雪糕也可以吃到烟熏味的。

　　我小时候吃过许多烟熏的东西，此刻记忆完全回来了。当年我家厨房就是一个大烟熏机，妈妈把几条肉和几条大鱼挂在炉具上，烟熏它们一年半载，才拿下来吃。厨房梁上挂的，还有一两个巨大的鳘鱼鳔，原来这是当药用的。如果有谁的胃出了毛病，用利剪剪下一块，浸水，再以冰糖炖之，服下就可以即刻痊愈。好在家里的人胃都好，没去吃，挂在那里几十年，最后听说蓝真先生的太太冰姐胃溃疡，就请爸爸寄了过来送给她吃，果然缓解了。

　　我最初接触到的外国烟熏食物，就是烟熏鲑鱼了。鲑鱼我不太吃，最多是在吃日本早餐时吃盐渍后再烤的；刺身有虫，我绝对不会去碰。但烟熏后的鲑鱼，尤其是大西洋野生三文，是美味的。有人研究，烟熏从印第安人在他们那尖塔形的营帐中开始，这说法有点道理，但我还是相信这是欧洲人处理吃剩鲑鱼的方式。有机会的话，可以尝尝苏格兰的烟熏三文，肥得漏油，香甜无比，是种毕生难忘的味道。

　　在欧洲，除了烟熏三文，最好吃的当然是烟熏芝士了。牛奶芝士固然佳，但要吃上瘾，得尝烟熏的羊奶芝士，那种又香又有烟味的混合味道，是绝妙的。

鸡肉我一向不喜欢，对火鸡更敬而远之，但是烟熏火鸡可以接受。吃一条火鸡腿，已饱，剩下的肉和骨头拿去炖汤，加大量包心菜，煮到汤都干了，只吃菜，美味也。

另一种我爱吃的鸡肉是鸡的胸脯肉，用小鸡，每只只取两小条肉，用盐腌过之后烟熏，是很高级的料理，在欧洲百货公司的地下层可以买到。旅行时肚子饿了，又不想吃大餐的话，拿出两小条烟熏鸡胸啃啃，一流。当然，下酒更佳。

自己做的话，可以在锅底铺锡纸，把你喜欢的香草（迷迭香和鸡配合很好）和大量胡椒粒放进去，其他的不必加了。取鸡胸肉，洗净，抹上盐，涂上一点橄榄油，开火就那么慢慢等到烟起，上盖，经7分钟，即成。

到了欧洲的食品部，尤其是意大利卖香肠、火腿的那种小店，一定可以找到烟熏鳗鱼或者烟熏鲱鱼，肥美至极。买回来在酒店房中配面包，也可以解决一餐。

但是说什么，都比不上自己动手做的那么好吃。试试看吧，一点都不难，依照我的方法，一定成功，最多不过是烧坏两三个锅子。

彩虹鲑

"你是不是真的会烧菜？"到现在还是有人这么问我。

烹调不是什么高科技，只要有一点点的好奇心，就能学会。是的，我懂得煮几道菜。烧得好不好？这是个问题。

有一次看到黄永玉先生在中国香港的画室，屋中有个半开放式的厨房，灶头火又很猛，我就下手。黄先生一家和苏美璐都试过我的手艺，问他们就知道。

被人家请客时，最怕主人家躲在厨房拼命烧，我们做客的吃得不安乐。基于此，我做菜时，和大家聊聊天，喝喝酒，走进去一会儿就捧出一味新菜来。男人做菜，有三个条件，那就是快、狠、准。

当然事前要花许多工夫做准备。像汤，可要花时间的。用一个双层的搪瓷铁煲，底锅盛水，待水滚，就可以把上面的锅装进去。这种煲做出来的汤是炖的，很清，一点也不浊。锅中放珧柱、萝卜和猪腱。炖个两小时，上桌的汤一定又清又甜，不可能失败。

如果客人杀到你家，没时间准备的话，那你就要做应急的皮蛋芫荽汤了。

用电热水壶中的水注满小锅，开猛火。这边厢将鲩鱼切成薄片，加皮蛋一个，和水一起泡，把材料放下去滚，最后下大量芫荽，即成。这时汤呈绿色，又甜又香，不必下味精。此汤又能解酒，最适合刘伶[1]。

---

[1] 刘伶，"竹林七贤"之一，嗜酒不羁，被称为"醉侯"。此处代指爱酒之人。——编者注

用猪肉做材料，有时间的话，先选一块上斜腩，这是由猪的第一节排骨算起，第六、七、八节骨外的肉最好吃，是外国人用来做卑尔根的部分，拿来红烧，放生抽和一点点冰糖，也是很容易成功的一道菜。要烧多久？那要视炉子的火力而定，一闻到香味，再烧半小时，错不了。

没有把握用肉青好了，这块猪面上连着颈项的肉，炒得老一点或不够火，都好吃。我几十年前已大力提倡，当今非常流行，大家叫它猪颈肉，不如肉青好听。

单单用蒜蓉来蒸肉青，或者炒豆豉，都很可口。要不，将榄仁、红辣椒、薯米、肉青切粒，加点面酱，一块混着来炒丁丁，很快就完成一道好菜。

至于牛肉，要先到肉档订一块肥牛，找不到的话去冻肉店买好了，当然不及新鲜的。灼肥牛这道菜可很迅速地完成，但有几个秘诀一定要遵守：秘诀一，切牛肉必须将纹理切断，否则多好的肉都会切韧；秘诀二，即灼即捞，把水烧开了，加酱油和南姜粉，放入牛肉，不必等水再开，即刻捞起备用，这时将芫荽和豆芽准备好，汤又滚开时下锅，再滚开，菜已熟，这时再将牛肉放进去，熄火，即能上桌；秘诀三，用万字酱油，其他的酱油烧开后味道会变酸。

客人忽然来多几个，材料准备不足时，可用罐头充数。罐头都有罐头味，除了中国"梅林"牌的红烧扣肉和油焖笋，将其倒进锅子一块炒，炒至汁剩下一点点就能上桌，再简单不过。

不然，把冰箱中的冻鸡在微波炉中叮一叮，切好，开一罐"光"字牌的瓜仔（酱瓜），倒进锅中和鸡一齐慢慢煮，愈煮愈有味道。这是中国台湾地区的名菜之一，叫瓜仔鸡锅，我从前在酒家中喝老酒时学到的。

吃到这个阶段，已饱，非刺激一下不可。把红葱头去衣后切成薄片，同样处理青瓜、洋葱和朝天椒，加糖、盐，用手捞匀，菜上桌前挤青柠汁进去，这时甜酸苦辣错综，有如人生，一定会让你的胃口起变化。

还可蒸鱼，用咸酸菜煮鲳鱼，上面再铺几丝肥猪肉和冬菇，淋上点酒，蒸一蒸，即成。

拿尾活鱼，剖开肚，洗净，把咸鱼切片塞进去蒸。这道菜有个花名，叫"生死恋"。

每个人家里的煮炉和器具都不同，鱼大小也不一，蒸鱼最考功夫，第一次失败，第二次失败，第三次总会成功。积累技巧靠经验和实践，别无他途。

如果想第一次就有点成绩，那我劝你别蒸鱼，煮鱼好了。用个锅，放日本清酒和水，每种一半，加点酱油和姜丝。水滚开了，把鱼放进去，刚刚够熟就可以拿来吃。煮鱼和蒸鱼不同，前者可以用眼睛看着，只要鱼本身是活的，蒸或煮，都很鲜甜。

我在一本杂志上有一页示范烧菜的专栏，太传统或家常的菜大家会做，我总要想些古灵精怪的。但这绝不容易，有时想破了头也不知弄些什么。

和友人聊天，会有灵感，金庸先生说他父亲常烧欢喜蛋，用鸡蛋、咸蛋和皮蛋。将蛋焓熟，从中间切开，一边酿入狮子头式的碎肉，洒上酱油和绍兴酒红烧，果然制成一味失传的菜。

再想不出时，往菜市场一走，看到新鲜上市的材料，就知道要烧些什么，但我也选些较为冷门的来介绍。像芥蓝的头，有柚子般大，将它切丝来炒，比普通芥蓝好吃得多。

走过牛肉档时，看到牛的大腿骨被弃一旁，我请肉贩将两端锯开，成为一个小咖啡杯状，撒上盐，放进烤炉烤 3 分钟，拿出来用小汤匙吃它的骨髓。拍照片的记者啧啧称奇，其实这种做法在法国南部的普罗旺斯很普遍。

做菜最好天马行空：牛骨髓是白色的，再用豆腐和蛋白来蒸，最后把白韭菜切碎铺在上面，四种东西完全是白色的。记者问菜名，我说叫白餸①可也。

用冬菇、发菜等做出来的，可叫黑餸；黄餸有鸡蛋、菊花；红餸有西红柿、辣椒；绿餸有菠菜、荷兰豆等。加起来，有七种颜色的话，就可以烹调出一道彩虹餸了。

蟹满汉

通常，用一种食材，做出种种不同的菜，都叫什么什么宴的，但以螃蟹入馔，蟹宴的称呼似乎不够，应该用三天三夜也吃不完的满汉全席来形容，叫作蟹满汉。

从凉菜算起，北海道的大师傅把一只大蟹钳的壳剥了，用快刀左横切数十刀，右横切数十刀，放入冰水，蟹肉就像花一样展开。最后一道功夫，燃了喷火枪在表面上略微烧一烧，就可上桌。肉半生熟，蘸山葵

---

① 餸，粤语常用词，指下饭的菜。——编者注

和酱油吃，是天下美味。

潮州人的冻蟹，原只清蒸后摊冻 [①]，没有其他调味，鲜甜味也表露无遗。

醉蟹是上海的传统名菜，把活生生的大闸蟹浸在花雕酒里，味渗入蟹膏，那种甘香醇美是煮熟的蟹中找不到的。当今的新派上海菜，加了话梅、红枣和花椒，浸个 5 天，什么蟹味、酒味、香味都没了。

还是我母亲的醉蟹做得好，她早上到市场买了两只最肥美的膏蟹，回家洗净剖开，去了内脏，斩成 6 件，蟹钳用刀背拍碎，然后倒入 1/3 瓶的酱油，兑了一半盐水，加一小杯白兰地，和大蒜瓣、辣椒一齐生浸到晚上，就能吃了。上桌前把糖、花生磨成末撒上，再淋白米醋，甜酸辣香，是最完美的醉蟹。

法国人的海鲜盘中，冰上放的泥蟹是煮熟的，但味道不像中国人批评的流失得那么多，还是很鲜甜的。有时也会碰上全身是膏，连蟹脚也黄的西洋黄油蟹呢。

更多的冷蟹吃法，已不能一一细数，我们要进入蒸的阶段了。

大闸蟹是所有螃蟹之中滋味最强烈的，清蒸黄油蟹也卖得很贵，但便宜的澳门特产的奄仔蟹也很不错。各有各的爱好，不能说谁比谁更佳。

新派菜中的蟹黄蒸蛋白，是在雪白的蛋白上，铺了蟹膏，一橙一白鲜明亮丽，叫人赏心悦目。但是二者完全不能结合，蛋白是蛋白，蟹膏是蟹膏，就算掺着来吃也是貌合神离。建议年轻师傅把蟹肉拆了混进蛋

---

① 摊冻，粤语，意思是放凉。——编者注

白中，反正两者都是白色的，不影响色调，就能配合得天衣无缝。

冬瓜蒸蟹钳是懒人的吃法，虽说啖啖肉，但吃螃蟹全不费功夫，味道也跟着减弱，不如干脆去吃蟹粉小笼包吧！

蒸螃蟹还有另一境界，那就是台南人做的红蟳[①]蒸饭。这道菜也许是福建传来的，蒸笼底铺上荷叶，糯米和蒜蓉上面放一只膏蟹，蒸得蟹汁全流入干爽不黏口的糯米饭中，加上荷香，百食不厌。

泰国的螃蟹粉丝煲有异曲同工的效果。吃起来，粉丝比蟹肉更美味。

煲完，轮到炆了。很奇怪的是，苦瓜和螃蟹配合得极佳。一般的粤菜馆喜欢加很厚的芡，看了就讨厌。而且它们有时竟将苦瓜煮过再去和炸煮的螃蟹炆，苦瓜软至看不见，蟹炸得无味，更是大忌。烧这道菜的功夫在于苦瓜和螃蟹一起炒，再拿去炆。苦瓜选厚身的，才不那么容易炆烂。

炆完，轮到焗。蟹切开，加鸡蛋、肥猪肉、芫荽、葱和陈皮，一块放入钵内，蒸个八成熟，再用烈火将外层烧到略焦，这是东莞的名菜。

洋人只会做焗蟹壳，把肉拆了，混粉，装入蟹壳焗出或油炸，并已认为是烹调螃蟹的大变化。这道菜又被二三流厨子滥做，当今见到，害怕。

谈到炸，这是一门很高深的学问。什么叫炸？它是单纯地把食物由生变熟罢了，不能留下油腻。整个日本也只有几家人的天妇罗炸得像样，绝对不是美国人的炸薯条那么简单的。把螃蟹炸得出色的，是潮州人的蟹枣，以马蹄和蟹肉当馅，以猪网油为皮包之，再炸。当今的皮改为腐皮，油用的植物油，粉多肉少，已不是食物，沦为"饲料"了。

---

① 蟳，闽语蟹的叫法。——编者注

螃蟹一瘦，就变成水蟹了，这时用来煲粥，加上白果、腐竹、陈皮和瑶柱更佳。但是最重要的是用海蟹而不是淡水蟹，把野生海水青蟹养个几天，让它更瘦、更干净，活着入煲煮，虽然有点残忍，但给会欣赏的人吃了，生命也有个交代。

凡是用蟹来煮的汤都很鲜甜，法国马赛的布耶佩斯也有螃蟹，螃蟹煮水瓜加点冬菜，也是一绝。

数螃蟹的种类，天下有"五千种"。铜板大的泽蟹，在居酒屋中炸来整只细嚼，有阵蟹味，聊胜于无。最巨大的阿拉斯加蟹，只吃蟹脚，蒸熟后放在炭上烤，让蟹壳的味道熏入肉，更上一层楼。

我自己最拿手的，是从渔家学到的吃法，最简单不过：弄个铁镬，烧红，蟹壳朝下放入，撒大量粗盐到盖住整只螃蟹为止，猛火焗之。闻蟹香，即可起镬，盐在壳外，肉不会太咸，鲜美无比。

另一个方法我是在印度果阿邦学到的，把蟹肉拆开，加咖喱粉和辣椒椰浆煮成肉酱，醒胃刺激。

避风塘炒蟹我是跟"喜记"老板廖喜兄学的，以豆豉为主，蒜蓉次之，配以野生椒干和新鲜朝天椒。我的功力只有廖喜兄的十分之一，但是我的胡椒蟹可和他的手艺匹敌，最重要的是先不油炸，加大量的粗磨黑胡椒，用牛油把螃蟹由生炒至熟。

最受友人欢迎的还是我做的普通的蒸螃蟹，将蟹洗净切开，放在碟上。蒸几分钟？看蟹有多肥而定，全靠经验，教不得人，失败数次就成功。秘诀在于蒸好之后淋上几滴刚炸好的猪油。啊，谈来谈去又是猪油。我怎能吃素？做不了和尚的。

一桌斋菜

我曾有缘认识了一群佛家师父，带他们到各斋铺吃过，满意的甚少。有机会的话，我想亲自下厨，做一桌素食孝敬孝敬他们。

"你懂得吃罢了，会做吗？"友人怀疑。

我一向认为欣赏食物，会吃不会做，只能了解一半。真正懂得吃的人，一定要体验厨师的辛勤和心思，才能领略到吃的精髓。

"是的，我会烧菜，做得不好而已。"我说。

"你写食评的专栏名叫《未能食素》，这证明你对斋菜没有研究，普通菜色你也许会做几手，烧起斋菜来，你应付得了？"友人又问。

《未能食素》是题来表现我的六根不清净，欲念太多罢了，并不代表我只对荤菜有兴趣。不过老实说，自己吃的话，素菜和荤菜给我选择，还是后者。贪心嘛，想多一点花样。

斋就斋吧！我要做的并非全部是自己想出来的，多数是以前吃过，留下深刻印象的，当今将之重温而已。

第一道小菜在"功德林"尝过，是现在该店已不做的"炸粟米须"。向小贩讨些他们丢掉的粟米须，用猛火一炸，加芝麻和白糖而成。就那么简单，粟米须炸后变黑，看不出也吃不出是什么味道，但很新奇可口。将它演变，加入北京菜的炸双冬做法，用冬笋和珍珠花菜及核桃炸得干干脆脆，上面再铺上粟米须，这道菜相信可以骗得过人。

接着是冷盘，用又圆又大的草菇。将草菇灼熟，上下左右不要，切成长方片；再把新界芥蓝的梗也灼熟，同样切为长方片，铺在碎冰上面，吃时蘸着带甜的壶底酱油，采用刺身吃法，这道斋菜至少很特别。

多做一道凉菜，买大量的羊角豆，它被洋人称为"淑女的手指"。剥开皮，只取其种子。另外熬一大锅草菇汁来煨它，让羊角豆种子吸饱，摊冻了上桌，用小羹匙舀起来细嚼，羊角豆种子在嘴中咬破，"波"的一声流出甜汁，没尝过的人会感到稀奇吧。

接着是汤了，单用一种食材：萝卜。把萝卜切成大块，清水炖之，炖至稀烂不见为止。将萝卜刨成细丝，再炖过。这次不能炖太久，保持原形，留一点咀嚼的口感，上桌时在面上撒夜香花。

事先熬一锅牛肝菌当上汤，就可以用来炆和炒其他材料了。

买一个大白菜，只取其菜心，用上汤熬至软熟，用意大利的小型苦白菜做底，生剥之，铺成一个莲花状，再把炆好的白菜装进去，上面刨一些帕马森芝士碎上桌。

芝士茹素者是允许吃的，买最好的水牛芝士，切片，就那么煎，煎至发焦，也是一道又简单又好吃的菜。

油也可以变化，抛弃没什么味道的粟米油，用初榨橄榄油、葡萄核油、向日葵油或腌制过黑松菌的油来炒蔬菜，更有一番滋味。

以食材取胜，用又甜又脆的芥蓝头，带苦又香的日本菜花，甚有咬头的全木耳，吸汁吸味的荷叶梗等清炒，靠油的味道取胜。

苦瓜炒苦瓜，是将一半已经灼熟、一半完全生的苦瓜一齐炒豆豉，食感完全不同。

把豆腐渣用油爆香，本来已是一道完美的菜，再加鲜奶炒。学大良师傅的手法烹调，将豆腐渣掺在牛奶里面炒，变化更大。

这时舌头已觉寡淡，做道刺激性的菜佐味。我学习北京的芥末墩做法，把津白用上汤灼熟，只取其头部，拌以酱料。第一堆用黄色的英国芥末，第二堆用绿色的日本山葵，第三堆用韩国的辣椒酱，混好酱后摆回原形，三个白菜头有三种颜色，悦目可口。

轮到炖了，自制又香又浓的豆浆。做豆浆没有什么秘诀，水兑得少，豆下得多，就是那么简单。在做好的浓豆浆中加上新鲜的腐皮，炖至凝固，中间再放几粒绿色的银杏点缀一下，淋四川麻辣酱。

已经可以上米饭了，用松子来炒饭太普通，不如把意大利粉煮得八成熟，买一罐磨碎的黑松菌罐头，舀几匙油进去拌，下点海盐，即成。待意大利白松菌长成的季节，买几粒大的削成薄片铺在上面，最豪华奢侈。

最后是甜品。

潮州锅烧芋头非用猪油不香，芋头虽然是素的，但用猪油已违反原则，真正斋菜连酒也不可以加，莫说动物油了。

只能花些心思，把大菜糕溶解后，放在一锅热水上备用，这样大菜糕才不会凝固。云南有可以吃的茉莉花，非常漂亮，用滚水灼一灼，摊冻备用。

这时，用一个尖玻璃杯，把加入桂花糖的大菜糕倒一点在杯底，花朵朝下，先放进一朵花，等大菜糕凝固，在第二层放进三朵，以此类推，最后一层是数十朵花，把杯子倒转放入碟，上桌，美得舍不得吃。

上述几道菜，有什么名堂？我想不出。最好什么名都不要起，我最怕太过花哨的菜名。

开一家福建餐厅

住在中国香港地区的福建人，至少有几十万人吧？他们大多来自闽南，也有不少是印度尼西亚华侨，多数集中在北角一带。

但是，他们连一家像样的福建餐厅也没开，实在令人费解。

数十年前还有中环的"伍华"和北角电气道上的一家，颇有规模；但当今只剩下春秧街的"真真美食店"和土瓜湾的"阿珠小吃店"，纯属小吃店。我还记得炮台山道有另外一间，是上海餐厅的经理出来开的，但也已停业。很奇怪的是，上海餐厅里聘请的侍者，很多是福建人，不知是什么原因。

是福建菜不好吃吗？不，不，我要举出的好吃的福建菜多不胜数。那到底为什么？也许只能归根于福建人不太会做生意，像他们那里产出的茶，比如安溪的铁观音和武夷山的水仙，卖茶的多是潮州人或广府人。

这话也不是事实，国内的福建商人不少；到了海外，前南洋首富陈嘉庚就是一个例子。

去到厦门，各类食肆林立，像老字号"老清香"就等于香港的"镛记"；街边小食更是成行成市，不过就没一间来香港开分店的，真是难为了那么多居港的福建人，和我们这群爱好福建饮食文化的人。

福建的小吃非常美味，像颇受大众欢迎的沙嗲面、五香卷、咸饭、肉粽、蚝仔煎、扁食（一种迷你饺子）、番薯糜、炒面、炒面线、炒米粉和炒粉丝，等等，我一数就口水直流。

别忘记他们最著名的包薄饼，用七八种蔬菜炒了又炒，焖了又焖来当馅，铺上螃蟹肉、鸡蛋丝、腊肠、芫荽、葱和浒苔来包，简直是天下美味。

另外有吃了会上瘾的"土笋冻"，把洗净的沙虫熬成浓汤再结冻而成。但外省的人，听到有个"虫"字都害怕，所以福建人把"虫"改成"笋"字来卖。

不过说句公道话，福建小吃精彩，但大菜不太出色。如果要在香港开一家高级的福建餐厅，尽可以向同系列的菜式取经。像那道"佛跳墙"，虽说是福建菜，但出自福建北部（闽北）的福州。闽北和闽南的差别甚大，甚至于方言都不能相通。

"佛跳墙"是用一个大瓮来炖的，内塞有鲍参翅肚；还有其他你能想象到的昂贵食材，都可以放进去一块炖，一炖便是十几小时，最后的汤浓得挂碗，才算合格。

用同样的烹调方式，以猪筋、猪皮和较为便宜的食材来代替，只要火候上不偷工减料，也能做出一道非常上乘的汤来，绝不昂贵。

福建人还有一道几乎失传的汤，那就是用一个深底的大锅，把食材一层层铺上去炖，最下面的是大只的蛤蜊，第二层是芋头，接着是炸肉块、鸡、鱼、大虾、白菜、鸡蛋、生蚝等，一算数十层，你想想看，熬出来汤有多好喝！

福建的卤肉也做得好，和潮州的卤水物不同，它的味较浓，色较黑。卤猪肉软熟，香喷喷的，切了就那么送酒下饭也行。不然切开个扁馒头，把肉连汁夹在里面吃，这也成为中国台湾人叫的"割包"了。

谈到台湾，本地人多从闽南而来，当地菜都带福建传统。香港人最爱吃台湾菜了，所以福建菜在香港没有理由流行不起来。开福建菜馆时，向台湾菜借鉴，有大把菜式可取材。

　　因为闽南和台湾都靠海，所以鱼虾及贝类的煮炒变化多端，像第一碟可以上蚵仔，那是将小蛤蜊略略烫开，再以生抽、大蒜和辣椒腌制的前菜，鲜甜无比，吃完包管要再来一碟才满足。

　　接着是炒海瓜子、白灼斧头螺，和越熬越好喝的螺肉葱蒜汤。福建人虽然没有粤人的蒸鱼本领，但是他们的半煎煮或上汤煮鱼，像煮鲳鱼等，都是令人吃不厌的名菜。

　　福建人做螃蟹更是拿手，拆了肉炒丝瓜，整只切开铺在糯米饭上蒸，叫作红蟳米糕。

　　除鱿鱼羹（一种羹汤）、鱿鱼沙嗲米粉、鱿鱼焖肉等，福建人的白焯八爪鱼更是一绝。经他们烹调，那八爪鱼一点也不硬，和我在地中海吃到的一样美味。

　　开福建餐厅时把福州菜加入，一点也不勉强。福州菜除了佛跳墙，做得最出色的是他们的红糟文化菜，例如红糟鸡、红糟猪肉、红糟鱼虾等。

　　另一道精彩的福州菜叫醋熘猪腰，是把猪腰炒海蜇皮，加上油条、糖、醋和绍兴酒，一气呵成地炒出，试过的人无不赞好。

　　他们的白米饭更是特别。用一个橘子般大的小绳笼，把洗好的白米放进去，挂在锅边蒸熟。上桌时侍者对着空碗，把那小笼的饭挤进去，又好吃又好玩。

　　至于面类，福建人爱用的黄澄澄的油面，不管是煮是炒，都很美味。油面很粗，有时不入味，可以改良为日本拉面般的细条，会更受欢迎。

　　但无论福建菜怎么做，没有了猪油，就逊色得多。当今客人害怕猪油，是能理解的。可以把餐牌改为传统味的和古早味的。前者用植物油，后者以猪油煮炒，各得其所，一点也不冲突。点菜时向侍者指定好了。

　　上述菜式，是福建菜的十分之一还不到，如果香港的福建富商有兴趣投资，开家出色的福建餐厅有多好！我可以义务来设计餐单，到时候自己也有了个好去处呀。香港"美食天堂"的美誉，就更加稳固了。

经营越南餐厅

中国香港地区的人一从外国引进一种料理，都尽按一些大路的（大众化的）玩意儿去做，绝不去钻研。

有的厨子，只学了几招，就开始混入本国菜的做法。基础没打好，就"融合"了起来，更得批评了。

像西餐，我们只会烤烤牛扒；涂了一层粉，焗个羊架；煎几片鹅肝；油浸只鸭腿罢了。你看，吃来吃去就那几味，不是枯燥得要命吗？

由于我们对越南的牛肉河粉产生了兴趣，越南餐厅势若春笋，一家开完又一家，但又是只有春卷、粉卷、甘蔗虾、咖喱牛肉、烤大头虾、滨海米线圈、米纸包鲜虾等，一点新意也没有。

也不必等你去创新，越南原有料理无数，就等你发现。如果要开一间越南餐厅，不是去那里走一圈就算成的。你要住上两三个月，包你学会一些中国香港地区不常见的料理。

很难做吗？一点也不。但是最主要的，是原料不可省，不能用本地货代替，非从当地采购不可。

每天已至少有四班直航的飞机从胡志明市或河内飞来，购入的那些原料，一定不会贵过日本刺身。但很多人偏偏就不肯那么做，连最基本的鱼露，也要用廉价货来代替，一开始已经走了样。

做一道越南菜，得先从鱼露开始，原产地的够浓、够腥、不太咸，这是越南料理的灵魂。越南人每天吃越南菜，当然做得比中国、泰国和其他国家的好。

接着就是摆在桌上的那些鱼露浆了。一家越南餐厅，菜做得如何，先试一口鱼露浆就知道。

原料应该是两份鱼露、一份糖、一份白米醋和四份清水。但要做得出色，必须以柠檬或青柠汁代替白米醋。而清水，则要改用新鲜的椰子水。

鱼露浆要当天做，当天吃，隔一日没有问题，再放就变味，不管你是否放进冰箱里面冷冻。

香草更是不能马虎，最普通的香茅、金不换和薄荷叶用泰国的无妨，但是越南独有的毛翁（Ngo Om）和印度人用来包槟榔的上野芭蕉叶（La Lot），以及锯齿叶芫荽（Rau Mui Tau），又叫烤蒂草的，则一定要购买越南的。

吃春卷时没有鱼露浆，吃牛肉河粉时没有上述的香草，菜品都不能算合格。

有了这个基础，我们可以开始做一些在中国香港地区不常吃到的越南菜了。

先做最简单不过的一道蚬汤。用大只的蚬，浸它一天让它吐沙。烧水，水开了把拍碎的香茅放进去煮；下蚬，最后撒金不换叶和鱼露。待蚬壳打开，熄火，大功告成。这道汤非常惹味，嗜辣和不嗜辣的人都会喜欢。

椰青水煮鱼。把生鱼煎一煎，下椰青去煮，加鱼露，可以迅速做成。

如果用猪肉，则选半肥瘦的，用大量鱼露卤肉。如果嫌鱼露不够浓，可加虾膏，最后放椰青水。需要煮一小时，肉才会柔软入味。此菜很能下饭，卤肉时可用一个砂煲，卖相更好。

果仁鸡或鸭。将鸡和鸭两种肉去骨，下镬；爆香红葱头后把肉煎至金黄，加清水和鱼露烧开。待肉半熟，把花生或开心果磨碎加入，再煮至全熟，慢火收掉汤汁。加荔枝或龙眼肉，撒上芫荽即可上桌。

黄姜鱼。把黄姜（Turmeric）舂碎，榨汁。记得戴手套，否则沾到手上很难将其洗得脱颜色。将鳗鱼或生鱼铺粉，炸它一炸。另用一个锅，加油，爆香葱，放切块的西红柿，煮至软熟，加鸡汤和鱼露，把鱼放入。熬成汤浆，有人会下芡粉令汤稠，但还是慢火细煮的做法比较好。上桌时撒红辣椒丝、葱丝和芫荽。以这个做法，也可以不用西红柿，而是把全生的香蕉切片去煮，更能用生的大树菠萝。这么一来，就更有越南风味了。大家吃不出是什么食材，好奇心会让这道菜更加珍贵。

莲藤（莲茎）沙拉。莲藤也是其他料理中罕见的食材，去掉其外皮，切段后过一过滚水备用。另外把鲜虾煲熟，也备用。爆香红葱头，把炸过的花生磨碎，将以上材料混在一起，加鱼露和糖，淋上青柠汁。最后把芫荽、红辣椒丝铺上。不用虾的话，也可以用焯熟的鲜鱿代替，又可撒炸虾片碎和下大量的芝麻。另一个做法是用生大树菠萝代替莲藤。将生的大树菠萝去皮，剩下果肉和核。这时的核也不会太硬，可以吃，用滚水煮熟，再切成长条拌开。还可以用杧果、蟹肉增加一些变化，还可以加一些煮熟后去水的粉丝，总之你可以让你的想象力奔放起来。

田螺塞肉不只被用在沪菜中，越南料理也有同样的用法。剁螺肉、猪肉，加粉丝、马蹄和黑木耳及虾米，塞入田螺壳后，焗、烤、煮都

（编者注：图中的"Nem Chua"指清化酸肉卷，是一道知名的越南菜。）

行。越南人比较"有文化"，将两枝香茅的细茎插在壳中，吃时方便夹肉。

做甜品时可以将香蕉和其他各类水果炸后用老椰浆煮，也能将哈密瓜磨浆后加入煮甜的粉丝，加上一片薄荷叶、青柠和苏打，加上酸梅；或简单地把切掉不用的香茅青茎部分打一个结，用开水冲洗，再加到冰上，冻咖啡或三色冰就没有那么单调了。

越南不远，直接把每天从越南新鲜送来的各种扎肉，像猪头肉肠、内脏肠等，以及做得极好的鹅肝、鸭肝酱，夹入面包，已是与众不同了。